AF595528

PAPIER
FRESSERCHEN
MTM-VERLAG
DIE BÜCHER MIT DEM DRACHEN

Impressum:

Alle weiteren Personen und Handlungen des Buches sind frei erfunden. Ähnlichkeiten mit lebenden oder verstorbenen Personen sind zufällig und nicht beabsichtigt.

Besuchen Sie uns im Internet:
www.papierfresserchen.de

Mühlstraße 10, D- 88085 Langenargen
info@papierfresserchen.de

Erstauflage 2023

Cover gestaltet mit Bildern von
© Peter Kirschner – Adobe Stock lizenziert

Bearbeitung: Martina Meier MA
Lektorat: CAT creativ – www.cat-creativ.at
Druck: Bookpress / Polen

ISBN: 978-3-96074-481-8 - Taschenbuch
ISBN: 978-3-96074-699-7 - E-Book

Mit Zaubermaus in 100 Tagen um die Welt

Band 5

Ingo Schorler

Prolog

Es vergingen einige Monate, bis Paul wiederhergestellt war. Doch er wusste, dass er sich auf seine Freunde und die Familie verlassen konnte. Besonders ich, Zaubermaus, war ihm in diesen Tagen eine große Stütze. Ich erzählte ihm, was in der Zeit seines Komas alles passiert war, sodass Paul bald das Gefühl hatte, dabei gewesen zu sein.

Endlich war es so weit, Paul durfte das Krankenhaus verlassen. Ich wartete schon ganz ungeduldig draußen vor dem Krankenhaus und nahm meinen Freund fest in die Arme.

„Mensch, Zaubermaus, drück mich bitte nicht so doll. Ich bekomm ja kaum noch Luft!", rief Paul, ganz der Alte, sogleich aus.

„Ups", antwortete ich, „tut mir leid, Paul, meine Freude ist halt soooooo groß, dass ich vergaß, es langsam anzugehen!"

Paul war geschmeichelt und sagte: „Eigentlich könnten wir ja ein wenig feiern. Nach so langer Zeit würde mir ein Bier gut schmecken." Er zeigte mit einem Finger auf einen kleinen Pub auf der anderen Straßenseite. „Komm, lass uns dort reingehen."

Eigentlich hatte ich gar keine Lust auf solch einen Ausflug, aber Paul zuliebe willigte ich ein. Schließlich war es sein erster Tag nach der Genesung und da konnte ich wohl schlecht Nein zu seinem Vorschlag sagen.

Also gingen wir in den Pub, der mitten in London war, wo Paul und ich uns gerade aufhielten.

„Oh Mann, ist das laut hier", rief ich schon beim Betreten aus. Eine Band spielte schottische Musik, einige Gäste tanzten dazu. Paul bestellte zwei Bierchen, doch ich wollte nur ein Glas Milch haben, die ich mit Genuss trank.

„Kannst du dich daran erinnern, was du mir vor einiger Zeit im Krankenhaus versprochen hast?", fragte Paul nach einer Weile, in der wir Freunde schweigend der Musik gelauscht hatten.

„Was meinst du?“, fragte ich zurück. Und dann fiel es mir wie Schuppen von den Augen. „Oh, ich weiß, was du meinst. Und? Wie wäre es mit einer Reise um die Welt in 100 Tagen?“

Paul lachte auf. „Das wäre genau das, wonach mir gerade der Sinn steht.“

Plötzlich raunzte uns jemand von der Seite an. „He, was wollt ihr schaffen? In 100 Tagen um die Welt? Nie! Das ist unmöglich zu schaffen, das wird nie klappen!“

„Doch, das ist zu schaffen.“ Paul schaute mich an und rief noch einmal bekräftigend: „Das ist zu schaffen.“

Auch ich nickte dem Fremden zu. „Wir zwei schaffen es, in 100 Tagen um die Welt zu reisen, und sind heute in 100 Tagen um 12 Uhr wieder hier!“

Der Fremde, der sich inzwischen als Gizmo vorgestellt hatte, hielt uns die Hand hin. „Die Wette nehme ich gerne an. Wetten wir um ein Goldstück.“

So war das nächste Abenteuer also besiegelt. Jetzt stellte sich nur noch eine Frage: Wohin ging die Reise zuerst?

1

Natürlich wollten wie keine Zeit verlieren. Hundert Tage hörte sich zwar ziemlich viel an, aber wenn man bedachte, was wir an Strecke vor uns hatten, konnte man schon ins Grübeln geratet, ob wir beide das denn wirklich schaffen würden.

Ich schaute Paul mit meinen himmelblauen Augen an und sagte nur: „Und nun?"

Paul schmunzelte: „Dort hinten geht's zum Bahnhof, los, komm, Zaubermaus, lass uns schnell dorthin gehen." Und noch bevor ich antworten konnte, nahm Paul meine Pfote und zog mich mit zum Bahnhof.

Der erste Zug, den wir nehmen wollten, stand bereits abfahrbereit am Gleis. In letzter Sekunde konnten wir auf den Zug aufspringen.

Paul fragte, nachdem wir in einem Abteil Platz genommen hatten, sogleich: „Weißt du, wohin der Zug fährt?"

Ich schaute mit einen strengen Blick zu Paul und sagte: „Wie soll ich das auf die Schnelle gelesen haben? Ich hatte ja gar keine Zeit, mich umzusehen." Oder konnte ich etwa hellsehen?

Wir gerieten fast in einen Streit, da mischte sich eine sanfte Stimme in das Gespräch ein: „Dieser Zug fährt ohne Zwischenstopp bis nach Frankreich!"

Ich schaute erstaunt auf. „Frankreich?", fragte ich. „Da wollte ich schon immer einmal hin. Paris. Der Eiffelturm ... prima." Dann wandte ich mich an Paul: „Und? Bist nun auch zufrieden?"

Paul hatte ein leichtes Grinsen im Gesicht und sagte: „Was für ein Glück, dass der Zug durchfährt und wir nicht noch einmal umsteigen müssen." Doch dann wurde Paul schlagartig still, denn jemand im Gang rief: „Die Fahrscheine bitte!"

Paul und ich sahen uns an und sprangen auf. Natürlich hatten wir keine Fahrkarten dabei, dafür hatte am Bahnhof ja alles viel zu schnell gehen müssen. Ich wurde ganz nervös, denn der Schaffner kam immer näher und näher. Doch dann öffnete jemand aus dem Nebenabteil die Zwischentür und raunte uns Schwarzfahrern zu: „He, ihr zwei, wenn ihr keine Schwierigkeiten wollt, dann kommt schnell hier zu mir rein!“ Das ließen Paul und ich uns kein zweites Mal sagen und huschten durch die Abteiltür.

„Puh, war das knapp, ganz lieben Dank für Ihre Hilfe“, sagte ich.

„Dürfen wir fragen, wer ihr seid?“, frage Paul, der gleich gesehen hatte, dass hier zwei Reisende anwesend waren.

„Klar darfst du danach fragen“, lachte der Angesprochene. „Ich bin Timmy und der, der da vorne in den Sitzen rumlungert, das ist Jossy. Wir sind auf dem Weg nach Paris, um dort Geschäfte abzuwickeln. Wir haben das ganze Abteil hier gemietet, da ist es egal, wie viele Mitreisende es gibt. Aber jetzt mal zu euch. Wohin wollt ihr, wenn ich das fragen darf?“

Paul lachte. „Das trifft sich gut, denn wir zwei wollen auch nach Paris.“ Dann erzählte er den beiden anderen Zugreisenden von unserer Wette und dem Bestreben, die Welt in 100 Tagen zu bereisen.

Jossy und Timmy staunten darüber nicht schlecht, hielten sie ein solches Vorhaben doch für eine ziemliche Herausforderung. Gleichzeitig freuten sie sich aber auch, dass sie nicht alleine weiterreisen mussten. Sie sahen sich sowieso jeden Tag, da hatten sie sich auf einer so langen Reise kaum noch etwas zu erzählen und freuten sich nun über die Abwechslung durch mich und meinen Freund Paul.

Dann hörten wir vier auch hier: „Die Fahrscheine bitte.“

Timmy zeigte dem Schaffner seine Fahrkarten und fügte noch an, dass sie das ganze Abteil gemietet hätten.

Mir kam das jedoch irgendwie komisch vor, deshalb schupste ich Paul kurz an und sagte: „Hast du das gesehen? Der hatte genau vier Fahrkarten in der Hand. Woher wussten die beiden denn, dass wir hier zusteigen würden?“

„Das ist doch vollkommen egal. Du hast doch gehört, was Timmy gesagt hat. Sie haben das Abteil gemietet. Vielleicht hat er noch mehr als die vier Fahrkarten, die er vorgezeigt hat. Ist mir alles auch vollkommen egal. Hauptsache ist, wir kommen schnell nach Frankreich und müssen nicht auch noch eine Strafe bezahlen oder werden aus dem Zug geworfen, weil wir keine eigenen Fahrkarten haben. Du hättest ja auch dran denken können, dass wir Fahrscheine benötigen, dann müssten wir hier nicht lange diskutieren."

Doch ich schüttelte nur den Kopf und traute den beiden Mitreisenden nicht so ganz. Weiter darüber nachzudenken, dazu blieb mir jedoch keine Zeit mehr, denn plötzlich gab es eine Vollbremsung und der Zug blieb stehen.

Der Schaffner rief laut: „Bleiben Sie bitte auf Ihren Plätze, es ist alles okay."

Sogleich schaute ich aus dem Zugfenster und sah, dass die Gleise mit riesigen Baumstämmen blockiert waren. Ausgerechnet jetzt musste das passieren!

Die Leute in den anderen Abteilen wurden nervös. Wild riefen sie durcheinander: „Wann geht's weiter?" Oder: „Wie lange dauert das denn hier noch, ich habe einen wichtigen Termin."

Der Schaffner rief erneut laut durch den Zug: „Ich weiß nicht, wann wir weiterfahren können. Erst einmal müssen wir sehen, dass wir die Baumstämme von den Gleisen bekommen! Und das kann dauern!"

Nun wurde auch Paul ein wenig ungeduldig, denn für ihn und natürlich auch für mich zählte schließlich jede Minute. Damit die Gleise schnell wieder frei wurden, halfen einige Reisende mit, die Bäume zur Seite zu räumen. Das war Pauls Vorschlag gewesen, denn wenn wir auf Hilfe von außen gewartet hätten, hätte es womöglich noch viel länger gedauert.

Dennoch brauchte es einige Stunden, bis der Zug wieder losfahren konnte. Es wurde bereits dunkel, als wir Passagiere das beruhigende Rattern der Räder auf den Schienen wieder vernehmen konnten.

Nachdem der Zug sich wieder Richtung Frankreich in Bewegung gesetzt hatte, wurde es in den Abteilen stiller. Natürlich hatten Paul und ich ein wenig Zeit eingebüßt, aber das war jetzt erst mal unwichtig. Wir standen ja noch am Anfang unserer Reise und die paar Stunden würden wir sicherlich bald wieder aufholen können.

Paul wollte allerdings tatsächlich gerne wissen, wann der Zug am Ziel ankommen würde, ging zum Schaffner und tippte ihm vorsichtig auf die Schulter. „Entschuldigung Sie bitte, wenn ich Sie störe. Ich würde nur gern wissen, wann wir ungefähr in Frankreich beziehungsweise in Paris ankommen?“

Der Schaffner, der von der ganzen Angelegenheit schon leicht angefressen war, fauchte unhöflich zurück: „Das weiß ich doch jetzt noch nicht. Haben Sie mal ein bisschen Geduld!“

Paul zeigte ihm den Stinkefinger und ging auf seinen Platz zurück. Wenn schon der Schaffner nicht wusste, wie lange es noch dauern würde, dann könnte er auch schnell ein Schläfchen machen, um sich auszuruhen, so dachte er, denn immerhin war er ja erst vor ein paar Stunden aus dem Krankenhaus entlassen worden.

Bald darauf döste er ein und wurde erst wieder wach, als ich aufgeregt in sein Ohr brüllte: „Da, da ... siehst du den Eiffelturm?“

„Jaaaaaa endlich“, rief Paul, rekelte sich ein wenig, sprang dann sogleich auf und rannte zur Tür. Dabei hatte er aber vollkommen vergessen, dass er ja nicht alleine reiste, was ihm aber erst wieder in den Sinn kam, als er die magischen Worte hörte: „Paul, nun ist es aber gut.“ Und schon gab ich ihm wieder einmal eins mit der Tatze auf den Hinterkopf.

„Aua“, schrie Paul nur, doch dann musste er grinsen, denn nun war zwischen ihm und mir wieder alles so wie früher.

Bald lief der Zug in den Pariser Bahnhof ein ... Als er hielt, stieg Paul als Erster aus. Ich folgte ihm, stand dann aber nur rum, irgendetwas störte mich hier gewaltig. Ich sagte zu Paul: „Ich glaube, irgendwer verfolgt uns.“

Paul lachte und antwortete: „Blödsinn, wer soll uns schon verfolgen? Es weiß doch keiner, außer Gizmo, was wir vorhaben. Und Gizmo habe ich nirgendwo entdecken können. Lass uns mal lieber überlegen, wie wir zwei weiterkommen."

Ich wollte mir die Hauptstadt Frankreichs zuerst genauer ansehen, schließlich kam man ja nicht jeden Tag in die Stadt der Liebe. Ich wollte gerade gehen, da tippte plötzlich jemand auf meine Schulter und sprach auf Französisch mit mir. Zu blöd aber auch, dass ich natürlich kein einziges Wort verstand und daher auch gar nicht wusste, was dieser unbekannte Kerl von mir wollte.

Doch dann schwante es mir, denn der Typ trug eine Uniform und ein Namensschild an seiner Jacke. Anscheinend war das ein Polizist mit dem Namen Pierre. „Oje, auch das noch", dachte ich, da ich Polizisten lieber von hinten als von vorne sah.

Auch Paul hatte den Polizisten nun erkannt und sprach ihn auf Französisch an. Ich war von den Socken und erstaunt darüber, dass Paul diese Sprache sprach. „Man lernt eben nie aus", ging es mir durch den Kopf.

Dann flüsterte Paul dem Polizisten etwas ins Ohr. Ohne zu antworten, nickte der Paul und mir zu und zeigte uns damit, ihm zu folgen. Doch wohin sollte es gehen? Wir drei marschierten eine ganze Weile, bis Pierre in einer Nebenstraße am Stadtrand von Paris vor einer alten Scheune anhielt. Er zeigte darauf, sprach ein paar für mich unverständliche Worte und öffnete dann die Scheunentür. Zuerst sah ich dort gar nichts, doch dann entdeckte ich das, was der freundliche Polizist uns wohl zeigen wollte: einen Ballon! Doch wer nun an einen Luftballon denken mag, der täuscht – vor Paul und mir lag ein großer, kunterbunter Heißluftballon auf der Erde.

„Oh mein Gott", rief ich aus, als ich das Ungetüm erkannte. Und als sich mein erstes Entsetzen gelegt hatte, sprach ich weiter: „Oh oh, nein, Paul, da bekommen mich keine zehn Pferde rein. Ich steige doch nicht an so einem Luftsack hängend hoch in die Lüfte. Ganz sicher nicht." Und zur Bekräftigung schüttelte ich den Kopf.

Paul und Pierre sagten nichts, zogen aber den riesigen Ballon aus der Scheune raus. Sie richteten den Korb auf und entzündeten den Brenner, damit er die Luft erwärmen konnte, die den Ballon schließlich zu seiner vollen Pracht entfaltete. All das war schweigend von sich gegangen.

Als schließlich alles gerichtet war, rief Paul: „Los, Zaubermaus, hüpf rein. Schließlich müssen wir nach Amerika!"

Nur widerwillig hüpfte ich in den Ballon. Paul winkte dem Polizisten noch einmal zu. Dann hob der Ballon ab ...

2

Um mit dem Luftballon an Höhe zu gewinnen, warf Paul Sandsäcke ab. Man spürte, wie der Ballon an Höhe gewann, was mir allerdings gar nicht gefiel. Ich schimpfte mit Paul und sagte: „Wir hätten bestimmt auch noch eine andere Möglichkeit gefunden, um nach Amerika zu gelangen. Musste es ausgerechnet ein Heißluftballon sein?“

„Mach dir darüber keine Gedanken“, erwiderte Paul. „Solch ein Ballon ist ein sicheres Fortbewegungsmittel. Uns wird nichts passieren hier oben.“

Davon war ich zwar nicht überzeugt, aber was sollte ich jetzt noch daran ändern. Also fügte ich mich in mein Schicksal und fand bald sogar Gefallen daran, oben am Himmel in einem Ballon zu fahren. Aber das hätte ich Paul gegenüber natürlich nie zugegeben.

Plötzlich drehte jedoch der Wind und Wolken zogen auf. Paul sagte: „Oh, oh, es könnte jetzt ein wenig ungemütlich werden für uns zwei, Zaubermaus!“

Zu allem Überfluss fing es auch noch an zu regnen und Blitze zuckten rechts und links neben dem Ballon auf. Ich hielt mich krampfhaft am Korb fest, nur Paul fand das alles toll. Bis zu dem Zeitpunkt, als ein Blitz den Ballon traf. Er fing zwar kein Feuer, verlor aber dramatisch an Höhe. Paul versuchte noch schnell, weitere Sandsäcke abzuwerfen, um wieder an Höhe zu gewinnen, doch der Ballon fiel wie ein nasser Sack zur Erde. Der Aufprall war schließlich so stark, dass wir beide aus dem Korb fielen und erst mal bewusstlos am Boden liegen blieben.

Erst nach gefühlten Stunden wurden wir wieder wach. Paul rief: „Zaubermaus, alles okay bei dir?“

Ich fauchte zurück „Ja, alles so weit okay bei mir. Von wegen sicheres Verkehrsmittel, du Trottel.“ Dann sah ich mich um und entdeckte natürlich gleich, dass der Ballon vollkommen zerstört war. An einen erneuten Aufstieg war nicht zu denken.

„Unseren Ballon können wir ja jetzt wohl vergessen. Der ist vollkommen zerfetzt. Und was nun?“, fuhr ich Paul an.

Paul war verdattert. Mit einem Gewitter und einem Absturz hatte er nicht gerechnet, als er vom Zug aus den Ballon bei seinem alten Freund Pierre klargemacht hatte. Dann sah auch er sich um und fragte schließlich: „Wo um Himmels willen sind wir bloß gelandet? Wie Amerika sieht das hier nicht aus.“

„Richtig, Paul. Amerika ist das hier sicherlich noch nicht. Dafür sind wir gar nicht lange genug mit dem Ballon unterwegs gewesen.“

Viel Zeit blieb uns jedoch nicht für Diskussionen, denn auf einmal spürten wir sein leichtes Vibrieren am Boden. Paul wusste gleich: „Das hat nichts Gutes zu heißen!“ Zu viel solcher Begebenheiten hatten wir in der Vergangenheit auf der Erde schon erlebt.

Das Vibrieren des Bodens wurde immer stärker. Und dann sahen wir auch, wo wir gelandet waren. Von wegen Amerika! Um uns herum war nur Sand. Sand. Und nichts als Sand. Na ja, und vielleicht die ein oder andere Palme. Am Horizont erkannten wir bald, was das Vibrieren hervorrief, denn uns näherte sich eine ganze Herde Kamele, auf denen weiße und schwarze Gestalten saßen. Was sollten wir tun? Zum Wegrennen war es schon zu spät und selbst wenn wir es versucht hätten, wohin hätten wir rennen sollen? Also blieben wir einfach am Fleck stehen und warteten, bis die Kamele bei uns waren.

Als diese neben Paul und mir zum Stehen kamen und sich der Staub verzogen hatte, sahen wir, dass die Kamelreiter Nomaden waren, die ihre Ware verkaufen wollten.

„Na, ihr zwei, was sucht ihr hier in der Wüste von Ägypten?“, rief einer der Männer uns zu. „Hierhin verirrt sich selten jemand.“

Paul und ich sahen uns erstaunt an. „Wie? Ist das hier nicht Amerika?“, brachte Paul schließlich hervor.

Man hörte nur ein lautes Lachen vonseiten der Kamelreiter. „Nein, ganz bestimmt ist das hier nicht Amerika. Oder seht ihr irgendwo die Freiheitsstatue ?“, sagte derjenige, der uns zuerst angesprochen hatte und wohl der Anführer war.

„Nein, außer Sand sehen wir hier nichts“, erwiderte ich. „Dann haben wir wohl irgendwo einen Fehler in unserer Berechnung gehabt. Eigentlich wollen wir nämlich nach Amerika.“

„Nun, dann seid ihr hier wohl falsch. Aber wir machen euch einen Vorschlag, denn man lässt niemanden einfach so in der Wüste stehen. Dürfen wir euch ein wenig mitnehmen, die Sonne wird gleich richtig brennen. Wenn ihr wollt, hüpft rauf auf unsere Kamele.“

Das ließen wir zwei Reisenden uns kein zweites Mal sagen und hüpften auf die Kamele, dann trabten diese los.

Bald sah man von Weitem eine Stadt. Paul rief ganz aufgeregt: „Da, Zaubermaus, eine Stadt. Von dort aus kommen wir sicherlich bald weiter nach Amerika.“

Doch ich antwortete nicht. Ich war überhaupt schon die ganze Zeit über etwas schweigsam gewesen. Und das hatte seinen Grund: Ich hatte nämlich das Gespräch von zwei Männer belauscht, die darüber gesprochen hatten, Katze und Maus, also Paul und mich, auf dem nächsten Basar zu verkaufen. Was sollte ich nur dagegen tun?

Als wir mit unseren Begleitern schließlich in der Stadt ankamen und diese tatsächlich den nächsten Basar ansteuerten, raunte ich meinem Freund zu: „Die wollen uns hier glatt verscherbeln.“

Paul jedoch lächelte mich nur an. Was ich nicht wusste – auch Paul hatte das Gespräch belauscht und schon einen Plan ausgeheckt.

Die Nomaden boten uns dann tatsächlich zum Verkauf auf diesem bunten Basar an. Als das Bieten der potenziellen Käufer begann, zeigte sich jedoch schnell, dass es gar nicht so einfach war, eine Maus und eine Katze – noch dazu mit einem Heiligenschein versehen – an den Mann zu bringen. Das wiederum spielte Pauls Plan zu.

Denn noch bevor einer der Anwesenden ein Gebot abgeben konnte, rief Paul plötzlich laut aus: „Wer uns nach Amerika bringt, bekommt fünf Goldstücke!“

Jetzt war das Interesse aller geweckt. Wild riefen sie durcheinander, schubsten sich und gebärdeten sich nahezu verrückt. Bis ein großer Mann, der sicherlich an die zwei Meter maß, zu den Nomaden, Paul und mir trat und sagte: „Ich kaufe euch die beiden ab. Zu einem symbolischen Preis. Denn ihr wisst, in Ägypten sind Katzen heilige Tiere ... und die dürfen nicht so einfach verkauft werden.“

Die Nomaden nickten schuldbewusst und waren mit dem Deal einverstanden. Dann sagte der Mann zu Paul und Zaubermaus: „Ich bring euch nach Amerika, ins Land der Freiheit. Und das kostet euch nichts.“

3

Der Hüne hatte sich als Jimmy bei Paul und mir vorgestellt. Da er einen recht freundlichen Eindruck machte, folgten wir ihm. Es dauerte aber noch gut eine Stunde, bis wir drei das Ziel erreichten, das er angesteuert hatte. Mehr als seinen Namen hatten wir auf dem Weg dorthin auch nicht von ihm erfahren. Seinem Aussehen und seiner Sprache nach war er aber wohl selbst Amerikaner.

Am Ziel angekommen, zeigte Jimmy auf einen mit einer alten Decke verhüllten Gegenstand. Er sagte: „Die alte Betty wird uns ein gutes Stück Richtung Amerika bringen. Und das wird euch sicherlich gefallen." Dann zog er mit einem Ruck die Decke ab und zum Vorschein kam ... Betty, ein altes, in die Jahre gekommenes Motorrad.

„Und das verkeimte Teil soll uns nach Amerika bringen?", fragte ich ein wenig erstaunt.

„Klar, die alte Betty ist noch gut in Schuss. Sie sieht zwar nicht mehr ganz so frisch aus, aber das ist nicht wichtig. Ihr Motor ist top, frisch geschmiert aus der Werkstatt und mit ein paar Höllen-PS aufgemotzt." Jimmy schmunzelte. „Ja, ich weiß, das sieht mal meiner alten Lady nicht gleich an. Aber das ist auch gut so, sonst hätte sicherlich hier einer schon längst *zappzarapp* gemacht und sie mitgenommen."

„Und warum willst du uns mit nach Amerika nehmen?", fragte ich den Typen.

„Weil ich eh dorthin muss. Also kann ich euch auch mitnehmen, dann ist die Fahrt wenigstens nicht so langweilig", antwortete Jimmy. „Und nun los, steigt auf, wir wollen keine Zeit verlieren."

Paul flüsterte mir zu, weil ich wohl ein wenig skeptisch dreinblickte: „Los, lass es uns versuchen. Wir können uns ja irgendwo

noch was anderes suchen, wenn es uns mit Betty nicht gefällt."
Ich nickte und wir stiegen auf. Dann machte es *Klick, Klack* und ein lautes Jodeln ertönte. Man konnte sein eigenes Wort nicht mehr verstehen, so laut war die Maschine.

Ich schrie: „Paul, halt dich fest." Und schon ging es los.

Jimmy hatte nicht zu viel versprochen: Betty war wahrlich eine echte Höllenmaschine, die so einige PS unter der Haube hatte. Die Landschaft rauschte in einem Affentempo an uns vorbei. Paul wurde bald richtig übel, sodass er sich fast hätte übergeben müssen. Doch er schluckte alles runter, als er meinen warnenden Blick sah, weil ich, wie mein Blick wohl deutlich sagte, nicht angekotzt werden wollte.

Und dann passierte etwas, was Paul und ich auf Erden noch nie erlebt hatten. In Schallgeschwindigkeit und fast so, als würden Zeit und Raum verschmelzen, setzten wir die rasante Fahrt fort. Als Jimmy nach einer Weile eine Vollbremsung hinlegte, waren wir mehr als erstaunt, was wir vor uns sahen, als sich unsere Sinne wieder erholt hatten.

„Ihr könnt jetzt absteigen!", sagte Jimmy schmunzelnd.

„Wer bist du?", wollte ich sogleich wissen, als ich vor mir – ich konnte es kaum glauben – die Freiheitsstatue von Amerika sah. Von Ägypten nach Amerika auf einem Motorrad – ohne Flugzeug, ohne Schiff –, das kam selbst mir als hart gesottenem Zeitgenossen ziemlich spanisch vor. Da konnte wirklich etwas nicht mit rechten Dingen zugehen!

Doch Jimmy hielt sich bedeckt. „Sagen wir mal so", antwortete er erst nach einer ganzen Weile. „Wir haben es hier mit einer echten Höllenmaschine zu tun." Dann kniff er mir ein Auge zu ... und war auf der Stelle samt Betty wie vom Erdboden verschluckt.

Natürlich wussten Paul und ich sofort, wer hier wieder einmal seine Hände im Spiel gehabt hatte – der Höllenfürst persönlich, Pauls Vater.

Jetzt mussten wir aber erst einmal etwas zu essen finden, denn Pauls Magen hatte bereits auf der alten Betty so laut wie ein hungriger Wolf geknurrt. Wir schauten uns um und entdeckten bald einen dieser Burgerläden mit dem großen M, was uns sehr entgegenkam, denn Burger und Pommes schmeckten uns beiden gut.

Als wir unsere Portion verputzt hatten, hätte ich am liebsten erst einmal ein Schläfchen gehalten, doch Paul duldete keinen Müßiggang. „Wir müssen zum Hafen, Zaubermaus", sagte er streng.

Ich schaute zu Paul und sagte: „Zum Hafen?" Was hatte er denn jetzt schon wieder geplant?

„Ja, genau dahin, von dort kommen wir ganz bestimmt weiter. Du weißt, unsere Zeit läuft, 100 Tage sind nicht viel Zeit."

Also ging es als Nächstes zum Hafen. Wir sahen uns dort kurz um, als Paul direkt auf ein Schiff zusteuerte. Fast so, als hätte er auch diese Weiterfahrt geplant, standen wir plötzlich vor einer großen Tafel, auf der geschrieben stand:

Seeleute zum Mitreisen gesucht. Meldet euch bei Interesse beim Kapitän!

„Wie für uns gemacht. Komm, lass uns dort anheuern", freute sich Paul.

Ich zögerte zunächst, folgte dann aber Paul auf das Schiff. Wobei Schiff schon fast ein wenig übertrieben war. Dieser alte, abgewrackte Seelenverkäufer schien mir alles andere als seetüchtig zu sein. Verrostet, über und über mit Unrat verschmutz ... jedes Höllenloch war sauberer. Und dann lief mir auch noch eine Ratte über den Fuß ... Ich hatte genug und schnauzte Paul an, dass ich sicherlich nicht auf diesem Schiff in See stechen würde.

Doch Paul lachte nur und sagte „Hab dich nicht so, es war nur eine Ratte, mehr nicht." Dann rief er, ohne mich weiter zu beachten: „Hallo! Hallo, einer an Bord?"

Es hatte den Anschein, dass keiner an Bord war. Doch dann ging nach einer Weile eine Tür auf und ein dicker, alter Mann mit einer Nase, die aussah wie eine Rübe, kam heraus. Er sah genauso ungepflegt aus wie das Schiff, denn an seinem Bart klebten noch Essensreste, seine Augen waren rot unterlaufen und aus seinen Mund rochen wir noch den Alkohol, der er getrunken hatte. Mit rauer Stimme schrie er: „Was habt ihr auf meinem Schiff zu suchen?"

Ich war ein wenig genervt, deshalb gab ich wenig freundlich zurück: „Wir haben das Schild am Pier gesehen und dachten, das wär ein Job für uns zwei! Das da ist Paul, ich bin Zaubermaus. Wir sind uns für keine Arbeit zu schade."

„Ich bin Speedy, der Kapitän dieses Prachtschiffes. Ihr wollt also bei mir anheuern?", lachte er uns an.

Paul und ich nickten, dann sagte Speedy „Das ist aber kein Zuckerschlecken hier bei mir an Bord, dass das man klar ist!"

„Kein Problem, wir können gut zupacken", gab Paul zurück und fragte gleich: „Und wohin soll die Fahrt gehen?"

Speedy sagte nur „Keine Ahnung, einfach los aufs offene Meer, dann sehen wir weiter! Wenn ihr ein bestimmtes Ziel habt, dann lasst es mich wissen. Wer gut arbeitet, soll nämlich auch gut entlohnt werden."

4

Bald darauf war es so weit, wir legten ab. Kapitän Speedy hatte uns bereits unsere Kajüte gezeigt, die, anders als erwartet, richtig sauer und schnuckelig war. Ganz nüchtern war Speedy auch jetzt noch nicht, was uns aber weiter nicht beunruhigte.

Er rief uns zu: „Setzt mal unter Deck dem Kessel unter Dampf, damit wir hier Fahrt aufnehmen können."

Paul schaute mich an und sagte: „Ich mach das schon. Pass du nur bitte auf, dass unser feiner Kapitän Speedy nicht von Bord geht! Du weißt schon ..."

Doch das war leichter gesagt als getan. Denn Speedy war ein wirklich umtriebiger Mensch. Mal hier, mal dort, überall wuselte er herum.

Nachdem Paul den Kessel ordentlich unter Dampf gesetzt und wir den amerikanischen Hafen verlassen hatten, schipperte das Schiff mit ordentlicher Geschwindigkeit über das offene Meer. Bald sahen wir Delfine springen und am Horizont nichts mehr als Wasser. Ich konzentrierte mich ganz auf Speedy, hatte aber tatsächlich Mühe und Not, den Kapitän festzuhalten, der immer wieder laut rülpste und sich über Bord übergab. Was für eine ekelige Angelegenheit! Aber was tat man nicht alles, um eine Wette zu gewinnen. Leider wurden mit der Zeit die Wellen immer größer, wir spürten, auch wenn wir keine echten Seebären waren, dass ein Unwetter aufzog.

Paul rief mir zu: „Binde den Kapitän fest, sonst geht er uns doch noch über Bord." Was ich dann auch tat.

„Wir müssen nach Süden, nach Süden Richtung Sonne", faselte der immer wieder. Und weil ich nicht wirklich was Besseres vorhatte, erfüllte ich ihm seinen Wunsch und steuerte Richtung Süden.

„Wohin wollen wir eigentlich", fragte ich den Kapitän nach

einer Weile, da er inzwischen wieder halbwegs ansprechbar war. „Wie wäre es mit Mexiko?", gab er zurück und fügte hinzu: „Gib mir was Ordentliches zu trinken."

Paul zwinkerte mir zu und reichte dem Alten einen Becher mit einer schwarzen Flüssigkeit drin. Der Kapitän setzte zum Trinken an, spuckte das Getränk aber sogleich wieder aus und schrie: „Igittigitt, wollt ihr mich vergiften?"

„Nein, nur nüchtern machen", gab Paul trocken zurück. „Das war ein starker Kaffee ala Paul. Der weckte Tote wieder auf."

Pauls Kaffee half tatsächlich. Bald war Speedy wieder halbwegs nüchtern und sah uns mit großen Augen an. „Seid ihr die, die ich angeheuert habe ?", fragte er fast ungläubig.

Paul und ich nickten nur und Speedy schüttelte darauf den Kopf. „Ich muss aufhören mit dem Saufen. Ich sehe jetzt schon Katzen und Mäuse mit Heiligenschein vor mir. Der Alkohol raubt mir wohl langsam den Verstand." Er schüttelte noch einmal den Kopf. „Räumt hier mal auf, das ist eure Aufgabe", sagte er schließlich. „Im nächsten Hafen gehen wir an Land und nehmen neue Fracht auf."

Also machten Paul und ich uns daran, dieses Schiff zu entmisten, was ewig dauerte. Speedy hatte es sich unterdessen am Ruder bequem gemacht und beobachtete unser Treiben aus der Ferne. Wir sahen, wie er immer wieder den Kopf schüttelte, fast so, als würde er noch immer nicht glauben können, wen er da mitgenommen hatte.

Es mochten wohl einige Stunden ins Land gezogen sein, denn wir hatten unsere Arbeit so gut wie erledigt, da rief Paul plötzlich ganz aufgeregt: „Land in Sicht." Das hatte er wohl mal in einem schlechten Piratenfilm so gehört.

„Das ist Mexiko", klärte uns Speedy auf. „Dahin müssen wir."

Doch kaum hatte er den Satz zu Ende gesprochen, da schlugen neben uns links und rechts Kanonenkugeln ein und verfehlten das Schiff nur um Haaresbreite.

„Ah, unsere Freunde sind heute wieder besonders gut gelaunt", gab der Kapitän, der nicht im Geringsten beunruhigt schien ob dieser Begrüßung, von sich. Ganz im Gegenteil. Er holte aus seinem Hosenbund eine altertümlich aussehende Waffe hervor, die jedoch statt Kugeln nur Leuchtmunition abfeuern konnte.

Im Hafen legten wir an, doch kaum hatten wir drei den mexikanischen Boden berührt, schauten wir in einige großkalibrige Gewehre, die direkt auf uns gerichtet waren.

Eine strenge Stimme rief: „Halt, keinen Schritt weiter, sonst geb ich meinen Männern den Schießbefehl!"

Paul und ich schrecken zusammen, doch Speedy lachte nur lauthals auf. „Mensch, Fredo", sagte er, „du könntest dir auch mal ein paar neue Sprüche einfallen lassen." Dann fielen sich die beiden Männer, sie sich offensichtlich sehr gut kannten, in die Arme und schlugen sich immer wieder anerkennend auf den Rücken.

Nach dieser herzlichen Begrüßung lud uns Fredo auf ein Glas Bier ein, was wir alle drei dankend annahmen, besonders Speedy, dem anzumerken war, dass er ziemlich durstig war. Wir saßen eine ganze Zeit zusammen, bis Fredo und Speedy schließlich aufstanden und sich vom Acker machten. „Wir müssen jetzt eure Ladung klarmachen", sagte Fredo an uns gewandt. „Kommt einfach mit, ihr könnt helfen."

Wir gingen in ein Lagerhaus, das unweit von unserem Schiffsliegeplatz lag. Als wir gerade die Pforte öffnen wollte, sprangen aus einer dunklen Ecke einige bewaffnete Männer auf uns zu. Einer rief: „Was sucht ihr hier bei mir? Los, meine treuen Soldaten, nehmt sie fest und schmeißt sie in den Kerker!"

Ich hielt das anfangs auch für einen Scherz, doch dieses Mal täuschte ich mich. Denn bevor ich überhaupt noch realisieren konnte, was mit uns geschah, saßen wir drei auch schon in einen kleinen, dunklen Kerker.

„Was soll das hier?", fragte ich Speedy, nachdem sich die fremden Männer aus dem Staub gemacht hatten.

„Ich schulde denen noch die Heuer vom letzten Mal", gab der Kapitän kleinlaut zu. „Die sind sauer auf mich und das hier ist ihre Rache. Tut mir leid, dass ich euch da mit reingezogen habe."

Er wollte gerade zu einem Fass gehen, von denen hier etliche im Kerker standen, und sich ein Glas füllen, denn in den Fässern war Wein gelagert – das sagte uns die Aufschrift – und Speedy hatte mächtig Durst, da hörte ich Paul rufen: „Halt, halt, Speedy, trink nichts davon oder willst du so enden wie die Ratten hier?“ Paul war ganz aufgeregt und zeigte auf die vielen toten Ratten, die vor den Fässern lagen, weil sie sich wohl daran vergriffen hatten.

„Ob die wirklich tot sind?“, ging es mir durch den Kopf. „Oder nur betrunken.“ Eine Antwort bekam ich nicht, aber die Warnung war bei Speedy angekommen, denn er ließ die Finger von dem Wein. Man sah ihm allerdings an, dass ihm dies sehr schwerfiel.

Sehr lange waren wir nicht in Gefangenschaft, denn schon bald kam jener Mann zurück, der uns hier eingesperrt hatte.

„Fredos Alte hat für euch gebürgt und uns auch die noch fällige Heuer bezahlt. Wir sind also quitt. Verschwindet hier und lasst euch ja nie wieder hier blicken“, sagte er, drehte sich um und verschwand.

Wir waren frei. Doch wollten wir auch weiterhin mit Speedy zusammen über die Weltmeere schippern? Paul und ich sahen uns an. Und wir mussten kein weiteres Wort mehr verlieren. Speedy war Geschichte. Und Mexiko wollten wir so schnell wie möglich auch verlassen.

5

Doch wie sollten wir beiden nun weg aus Mexiko kommen? Wir gingen zurück zum Hafen, vielleicht fanden wir ja dort die Lösung für unser Problem.

Und so war es dann auch, denn Paul entdeckte ein Motorboot, das in der Sonne golden glänzte. „Los, Zaubermaus, lass uns zum Motorboot gehen und fragen, ob sie uns ein Stück mitnehmen." Paul nahm mich bei der Hand und zog mich fort.

Wenig später kletterte er eine Schiffsleiter hoch und rief: „Zaubermaus, die Luft ist rein."

Doch noch bevor ich antworten konnte, hörte ich einen dumpfen Schlag und einen Aufprall. Ich rief: „Paul, alles okay da oben?"

Ich bekam keine Antwort. Wie auch, denn Paul lag bewusstlos am Boden, aber das sah ich natürlich erst, als auch ich die Leiter hochgeklettert war. Ich wollte mich gerade zu Paul runterbeugen, da verspürte auch ich einen dumpfen Schlag auf dem Kopf und mir gingen die Lichter aus.

Als ich wieder erwachte, sah ich, dass Paul, der ebenfalls wieder wach war, und ich gefesselt auf einem Stuhl saßen. „Da siehst du mal, in welche Lage du uns gebracht hast", sagte ich zu Paul.

Der schien noch ganz benommen zu sein, denn er gab keinen Mucks von sich, sondern starrte immer nur in eine Richtung. Als ich seinem Blick folgte, sah auch ich sie: eine junge Frau mit langen Beinen. Wunderschön anzusehen! Und wie ich Paul kannte, hatte er wie immer sein Herz sofort an diese Schönheit verloren. Er rief: „He, du süße kleine Schnecke, wer bist du denn?"

Doch Paul bekam keine Antwort.

Nun versuchte ich, die Aufmerksamkeit der jungen Frau zu erregen. „Hallo, tut mir leid, wenn mein Kumpel hier so aufdringlich ist", versuchte ich zu beschwichtigen."

Doch die Frau reagierte noch immer nicht.

Stattdessen aber reagierte ein großer Muskelprotz, der gerade aus der Kajüte unter Deck nach oben an Bord gekommen war, den ich aber erst jetzt entdeckte.

„Minka", sagte er, „wir sollten die beiden hier am besten gleich ins Meer schmeißen und gut ist."

„Oh Mann, uns bleibt auch nichts erspart", schoss es mir durch den Kopf, dann sah ich jedoch, dass Minka, die junge Frau, den Daumen nach oben hob und dem Muskelprotz signalisierte, uns in Ruhe zu lassen. Was er mit den Worten: „Du bist der Boss", auch tat.

Anschließend ging er zum Heck des Schiffes, holte die mexikanische Flagge ein und hisste eine, die ich nicht kannte. Dann startete er den Motor und wir fuhren aufs Meer hinaus.

„Ich mache die beiden los", hörte ich eine Weile später den Muskelprotz sagen, nachdem ihm die junge Frau wieder mit ihren Händen gestikuliert hatte.

Paul und ich waren froh, uns wieder frei bewegen zu können, denn die Fesseln waren ganz schön stramm angelegt worden.

„Danke, Minka, dass du uns frei lässt", sagte ich, doch sie erwiderte nichts. „Warum redet sie nicht mit uns?", wagte ich, den Muskelprotz zu fragen.

„Minka kann nicht sprechen, sie kann nur die Gebärdensprache. Die hat sie schon als Kind gelernt", gab er zur Antwort.

„Oje, die Arme", erwiderte ich und lächelte Minka freundlich zu. Dann wandte ich mich dem Muskelprotz zu und fragte: „Hast du auch ein Namen? Wir sind übrigens Zaubermaus und Paul."

„Mich nett man nur den Muskelprotz. Oder Manni, wenn ihr wollt. Wolltet ihr zwei uns bestehlen? Oder warum seid ihr ungefragt auf unser Motorboot geklettert?"

„Nein, nein, bei allem, was uns heilig ist. Wir wollten euch ganz und gar nicht bestehlen. Ganz sicher nicht. Wir suchten nur eine Mitfahrgelegenheit." Und dann berichtete ich ihm von unserer Wette und unserer Reise um die Welt in 100 Tagen.

Manni und auch Minka hörten aufmerksam zu.

„Wir haben kein festes Ziel“, sagte Manni, „deshalb wäre es uns eine Ehre, euch in nächster Zeit begleiten zu dürfen. Für Minka wird das sicherlich eine gute Erfahrung werden, denn sie ist sehr oft so traurig, sodass ich mir schon Gedanken um sie gemacht habe. Ich bin übrigens ihr großer Bruder, wenn man das auf den ersten Blick vielleicht auch nicht erkennt.“ Manni lächelte.

Wir erfuhren dann im Laufe des Gesprächs von ihm, dass wir nun von Mexiko aus erst einmal nach Guatemala und Nicaragua und dann über Brasilien bis nach Argentinien reisen würde. „Diese Route habe ich mir vorhin ausgedacht, als ihr erzählt habt, dass ihr in 100 Tagen um die Welt möchtet. Sollte doch gelacht sein, wenn wir euch da nicht helfen könnten.“

6

Und so geschah es auch. Die nächsten Tage verliefen sehr unspektakulär, was Paul und ich nach den vielen Aufregungen der letzten Jahre doch sehr genossen. Wir saßen oft schweigsam an Bord, machten hin und wieder nur mal einen kleinen Landgang, wenn wir in einem unbekannten Hafen anlegten. Manni und Minka hielten Wort und fuhren mit uns die Küsten von Mittel- und Südamerika ab. Fast vergaßen Paul und ich bei dem ganzen Müßiggang, die Tage zu zählen, die wir nun schon unterwegs waren. Doch irgendwann erinnerte mich Paul daran, dass wir vor gut 14 Tage von zu Hause abgereist waren.

Eines Tages, es muss der 15. oder 16. Tag unserer Reise gewesen sein und Paul und ich saßen bei einer Tasse Tee entspannt an Bord, da verdunkelte sich über uns plötzlich der Himmel, was uns zunächst nicht sonderlich beunruhigte. Als dann aber ein toter Vogel vom Himmel fiel, wurden wir doch skeptisch.

„Puh, der stinkt aber", sagte Paul. „Und wie der aussieht! Der ist voller Asche!"

Auch Minka und ihr Bruder wurden unruhig. Plötzlich zeigte Minka auf einen riesigen Berg vor uns.

„Paul, Manni, Minka, wir sollten hier ganz schnell verschwinden", sagte ich zu Paul und unseren Gastgebern, die schon so etwas wie Freunde für mich geworden waren. „In wenigen Minuten wird's hier heiß werden. Seht ihr den Vulkan dort vorne, der steht kurz vor dem Ausbruch."

Kaum hatte ich den Satz zu Ende gesprochen, bebte das Meer, der Himmel verdunkelte sich weiter, dann gab es eine Explosion und gleichzeitig türmten sich riesige Wellen vor uns auf. Ich dachte schon, das letzte Stündlein hätte mir geschlagen, als uns dann auch noch Steine so groß wie Felsbrocken um die Ohren flogen.

Paul, der das Ganze bislang noch nicht sehr ernst genommen hatte, krallte sich plötzlich an mir fest und rief immer wieder gegen das Grollen des Berges an: „Oh, Zaubermaus, ich will noch nicht ins Gras beißen. Bitte, Zaubermaus, tu doch was!“

„Was soll ich jetzt schon tun?“, gab ich zurück, denn ich wusste mir auch keinen Rat. „Vielleicht beten?“

„Sehr witzig“, sagte Paul, „das wird meinen Vater dann sicherlich sehr ...“ Weiter kam er nicht, denn mit einem Mal wurden Paul und ich von einer unbekannten Kraft in die Höhe erhoben und durch die Lüfte gewirbelt. Für einen Moment war es so, als hätte unser letztes Stündlein wieder einmal geschlagen, doch dann landeten wir wie von Geisterhand geführt auf einem Felsen, der sich plötzlich mitten im Meer vor uns aufgetan hatte. Unsere Rettung. Ich wollte mir nämlich gar nicht ausmalen, was passiert wäre, wenn Paul und ich ins Wasser gestürzt wären. Bestimmt wären wir dort zu Fischfutter geworden – ob wir den Fischen allerdings gut bekommen wären, wer wusste das schon ...

Nachdem wir uns von dem ersten Schrecken erholt hatten, hielten wir Ausschau nach Minka, Manni und dem Boot. Paul hielt sich die Hand vor Augen, um besser sehen zu können. Und nach einer Weile entdeckte er tatsächlich das Ziel seiner Begierde. „Da ist das Boot. Und so, wie ich erkennen kann, sind die Geschwister unverletzt“, tat er kund.

Jetzt konnte auch ich die beiden sehen, winkte wie verrückt und schrie: „Minka, Minka, hier sind wir! Auf dem großen Felsen!“

Doch Minka schien uns nicht zu hören. Das lag sicher an dem Getöse um uns herum. Da kam mir etwas in den Sinn. Ich riss aus meinem weißen Überwurf, den ich nun schon seit einiger Zeit trug, ein Stück Stoff heraus, band dieses an einen Stock, den ich auf dem Felsen gefunden hatte, und winkte Manni und Minka zu. Immer und immer wieder.

„Da ... da, Zaubermaus, sie haben uns gesehen“, stammelte Paul und zeigte auf das offene Meer. „Sie wenden das Boot und kommen direkt auf uns zu.“

Als sie bei uns ankamen, war die Freude auf beiden Seiten riesengroß. Paul und ich sprangen, so schnell wie möglich, auf das Boot zu Minka und Manni. Dann umarmten wir uns ... stürzten gleich in das nächste Abenteuer.

7

Denn genau in dem Moment der Umarmung erfasste eine Monsterwelle das Boot der Geschwister und wirbelte es in die Luft. Paul und ich konnten uns nicht mehr halten und stürzten kopfüber in Wasser. „Wie ungerecht", dachte ich, denn ich war mir sicher, dass wir nun doch noch als Fischfutter enden würden. Ich sah mich schon im Maul eines riesigen Fisches mit fürchterlich spitzen Zähnen, als ich spürte, dass mich jemand an die Wasseroberfläche zog.

Paul. Mein Freund Paul wurde auch dieses Mal wieder zu meinem Retter. Paul war zwar auch ins Wasser gestürzt, hatte sich aber in letzter Sekunde an einem vorbeitreibenden Baumstamm festhalten können und zog mich nun mit aller Kraft an sich.

„Halt dich gut fest, Zaubermaus, ich rette dich", rief er immer wieder dabei.

Als auch ich mich in Sicherheit wähnen durfte, schaute ich mich um. Wo nur waren Manni und Minka geblieben? Weder von ihnen noch von ihrem Boot war etwas zu sehen. Ob sie mit Mann und Maus untergegangen waren? Hatte das Meer die beiden geholt und ihnen ein Grab in der Tiefe der Fluten bereitet?

Ich fand leider keine Antwort auf diese Fragen, hoffte aber, dass auch hier wieder Pauls Vater und sein Gegenspieler ihre Fittiche drin gehabt und die beiden gerettet hatten. Trotzdem war ich traurig, denn Manni und Minka waren mir sehr ans Herz gewachsen.

Doch nun durften Paul und ich die Zuversicht nicht aufgeben. Schließlich wollten wir nicht auf hoher See umkommen, sondern unsere Reise fortsetzen. Stunde um Stunde harrten wir auf unserem rettenden Baumstamm aus, als ich plötzlich am Horizont ein riesiges Schiff auf uns zukommen sah. Als es nah genug bei uns war, erkannt ich, dass es eines dieser riesigen Kreuzfahrtschiffe war, von denen ich schon einmal gehört hatte. Paul und ich riefen um Hilfe. Immer und immer wieder. „SOS!!!! SOS!!!!"

Und weil Paul immer schon ein elender Besserwisser gewesen war, klärte er mich auch jetzt wieder auf: „Das heißt *save our souls*!"

„Ach ehrlich", gab ich zurück. Hielt der mich für blöde?

Wenig später ließ der Kreuzfahrer ein kleines Rettungsboot zu Wasser, sammelte Paul und mich ein und brachte uns an Bord dieses Luxusliners.

„Wen haben wir denn hier?", fragte uns der Kapitän zur Begrüßung, der eigens wegen unserer Rettung seine Brücke verlassen hatte. „Ihr seid ja ein paar ganz besondere Schiffbrüchige, die wir an Bord nehmen konnten."

„Der spricht mit uns wie mit Kindern", raunte Paul mir zu.

Doch das alles war mir im Moment egal. Ich war müde und kaputt und wollte nur noch schlafen. So war ich mehr als froh, dass uns der Kapitän gleich auf unsere Kajüte bringen ließ, wo wir uns zunächst bei einem guten Essen stärken und dann gleich schlafen legen konnten.

Wie wir später erfuhren, schliefen wir ganze drei Tage am Stück und wachten erst auf, als wir längst die Südspitze Amerikas umrundet und Kap Hoorn hinter uns gelassen hatten. Von alledem hatten Paul und ich nichts mitbekommen, was aber weiter nicht schlimm war, denn einige Passagiere berichteten uns später, dass doch manch einer die Spucktüte hatte benutzen müssen, weil ihm bei der Fahrt ums Kap Hoorn mächtig übel geworden war.

Hatten Paul und ich bislang immer angenommen, unser nächstes Ziel wäre Afrika, denn so hatten wir es mit Manni und Minka ausgemacht, so erfuhren wir nach unserem fast komatösen Dreitageschlaf, dass Gottfried, so der Name unseres Kreuzfahrtschiffes, Kurs auf Australien nehmen würde. Es stand uns also eine lange Überfahrt ins Haus.

Das alles hatte uns Whiskey, unser Kapitän, in einem Gespräch verraten. Natürlich wollte er auch wissen, wer wir waren und wie wir ins Wasser gekommen waren.

Paul musste ein wenig grinsen, als er den Namen des Kapitäns hörte, doch ich trat ihm kurz auf die Füße und flüsterte nur: „Jetzt bist du erst mal still!"

Dann erzählten wir dem Kapitän von unseren Abenteuern, von unserer Weltreise und natürlich auch der Wette. Es wurde ein sehr unterhaltsamer Abend, in dessen Verlauf Paul und ich auch zum Käpt'ns Dinner eingeladen waren – einer ganz besonderen Zeremonie auf jedem Kreuzfahrtschiff. Es gab Lachs, Thunfisch, Hähnchen, Hummer und vieles mehr, was Paul und mir sehr mundete. Dazu einen leckeren Wein, den wir uns schmecken ließen.

Ich konnte es kaum glauben. War das alles hier nur ein Traum? Oder hatten wir uns diese Erholung tatsächlich verdient? Als dann noch die Musik einsetzte und eine atemberaubende Tanzdarbietung startete, glaubte ich fast, im Katzenhimmel zu sein. So schön war das alles.

Natürlich musste ich auch an Manni und Minka denken. Als der Kapitän sah, dass mich etwas bedrückte, fragte er mich danach und ich war ehrlich. Ich berichtete ihm von dem großen Unglück, das den Geschwistern wohl widerfahren fahren.

Doch er beruhigte mich. „Ich werde Erkundigungen darüber einholen, ob jemand etwas von zwei Schiffbrüchigen auf unserer Route gehört hat."

Whiskey hielt sein Versprechen, denn schon wenig später kam sein 1. Offizier zu ihm und gab Meldung, dass ein Fischerboot unweit der argentinischen Küste einen jungen Mann und eine junge Frau aus dem Wasser gefischt hatten.

Das beruhigte mich zunächst etwas, aber dennoch blieb die Frage in meinem Kopf, ob dies wirklich Minka und Manni gewesen waren. So brachte mich der Kapitän schließlich auf die Brücke, schaltete das Funkgerät ein und nahm Verbindung zu dem Fischerboot auf, das die Schiffbrüchigen an Bord genommen hatte.

Und ich kann kaum sagen, wie glücklich ich war, als ich Mannis Stimme am Ende der Leitung erkannte. Er und seine Schwester waren ebenfalls durch diese Monsterwelle über Bord gegangen, hatte sich aber schwimmende eine Weile über Wasser halten können. Als sie das Fischerboot bemerkten, hatte Manni alles gegeben, um auf sich und Minka aufmerksam zu machen.

Und ich? Ich war einfach nur glücklich, dass auch unsere Freunde errettet worden waren.

8

Endlich war es so weit, das riesige Schiff Gottfried legte in Australien an. Die Sonne stand schon sehr hoch, sodass es sehr heiß war. Ich genoss an Bord die tolle Aussicht auf den schönen Hafen, als mir plötzlich jemand auf die Schulter klopfte und fragte: „Sagen Sie mal, junge Frau, kennen wir uns nicht von irgendwoher?"

Ich drehte mich um und schaute mir den jungen Mann, der vor mir stand, ganz genau an. „Ich glaube nicht, dass wir zwei uns kennen", antwortete ich und eilte davon.

In Windeseile lief ich zu Pauls und meiner Kajüte und riss die Tür auf. „Paul, wir müssen sofort hier verschwinden", rief ich ihm zu.

Paul hatte noch geschlafen und bekam kaum die Augen auf. „Sachte, Zaubermaus, ich bin ja noch gar nicht wach", fauchte er mich an und rekelte sich. Dann fragte er: „Was ist denn los, brennt das Schiff?"

„Nein, Paul, das Schiff brennt nicht. Aber erinnerst du dich an den Typen, der uns bei einem unserer letzten Aufträge auf der Erde entführen wollte und uns mit einer Waffe bedroht hat?"

Paul nickte. „Ja, an den kann ich mich erinnern", erwiderte er.

„Siehst du, und genau dieser Typ ist hier an Bord. Er hat mich gerade angesprochen und gefragt, ob wir uns nicht kennen würden. Ich habe natürlich verneint. Aber ob der mir das geglaubt hat, mag ich mal bezweifeln."

„Das ist natürlich eine üble Sache", resümierte Paul. „Auf noch eine Entführung habe ich wirklich keinen Bock. Aber was sollen wir tun? Wir können ja schlecht einfach ins Wasser springen."

„Darüber habe ich mir auch schon Gedanken gemacht", antwortete ich. „Mich wundert nur, dass der uns die ganzen Tage über noch nicht hier auf dem Kreuzfahrtschiff begegnet ist. Was solls, vielleicht haben wir ihn auch einfach nur übersehen." Ich dachte kurz nach, denn natürlich war auch mir klar, dass Paul und ich, wollten wir nicht schon wieder Ärger haben, das Schiff noch vor dem Einlaufen in den Hafen verlassen mussten. Nur wie? Das war hier die Frage.

Paul und ich setzten uns also zusammen und grübelten. Mal kam eine Idee auf, dann eine andere. Doch alle mussten wir wieder verwerfen, weil wir entweder nicht das passende Equipment dabei hatten oder der Plan einfach nicht durchführbar war.

Aber dann kam mir eine Idee, als ich aus dem Bullauge unserer Kajüte blickte und davor eines der vielen Rettungsboote des Kreuzfahrtschiffes erblickte.

„Das ist es", rief ich freudig erregt aus.

„Was ist es?", wiederholte Paul ein wenig begriffsstutzig.

Ich zeigte zum Bullauge. „Siehst du die Rettungsboote? Wir seilen uns mit einem ab und rudert heute Nacht zum Ufer. Vielleicht sollten wir nicht direkt in den Hafen rudern, sondern zu irgendeinem Strand. Dort wird uns dann sicherlich dieser Typ vom Bootsdeck nicht vermuten", schlug ich vor.

„So machen wir es." Paul fand meine Idee großartig.

Die nächsten Stunden verbrachten wir mit warten, denn unser Vorhaben konnten wir erst gegen Mitternacht umsetzen, wenn es richtig dunkel draußen war.

Punkt 24 Uhr schlossen wir dann die Tür unserer Kajüte hinter uns und begaben uns zu dem Rettungsboot. Paul und ich kletterten hinein und seilten uns ab, was ich mir viel schwieriger vorgestellt hatte, als es letztendlich dann war.

Anschließend war reine Muskelkraft gefragt. Wir ruderten auf Teufel komm raus gen Ufer. Und waren wieder einmal froh, dass in uns doch hin und wieder magische Kräfte, um nicht zu sagen – teuflische Kräfte – steckten.

Bald erreichten wir australisches Festland und hatten das Kreuzfahrtschiff hinter uns gelassen. Wer weiß, ob uns dieser Typ nicht doch noch einkassiert hätten. Was wir jedoch nicht ahnten, war, dass sich hinter der nächsten Ecke gleich das nächste Abenteuer anbahnte. Denn kaum hatten wir das Ruderboot verlassen und den ersten Sand unter den Füßen erspürt, hielt ein schwarzes Auto direkt vor unserer Nase. Ein kleiner Mann rief uns zu: „Sie wollen ein Taxi?“

Ich winkte nur ab und sagte: „Nein, danke, wir brauchen kein Taxi.“

Doch der kleine Mann ließ nicht locker. „Oh doch, Sie wollen ein Taxi“, lachte er uns aus und hielt uns dabei gleich einen Revolver vor der Nase.

Paul meinte: „Zaubermaus, es ist wohl besser, wenn wir einsteigen!“

„Eine weise Entscheidung“, sagte der Fremde.

Wir stiegen also mehr oder weniger freiwillig zu ihm ins Auto und schon ging die Fahrt los. Kurze Zeit später hielt der Wagen vor einer großen Villa, die hell erleuchtet war.

„Hier ist eure Reise zu Ende“, sagte der Mann. „Aussteigen!“

Wieder taten wir, was er uns befohlen hatte. Kaum dass wir ausgestiegen waren, raste das Taxi auch schon davon und wir standen ziemlich bedröppelt vor einem Haus und wussten gar nicht, was wir tun sollten.

„Los, Zaubermaus lass uns reingehen“, sagte Paul nach einer Weile, in der wir beide wohl ziemlich ratlos wirkten.

Vorsichtig betraten wir also das Gebäude. Paul rief: „Hallo, einer da?“ Denn davon musste man ja bei dieser prächtigen Beleuchtung ausgehen, alles andere wäre ja reine Energieverschwendung gewesen.

Kaum war Pauls Rufen verhallt, öffnete sich eine Tür und ein alter Mann, gestützt auf einen Krückstock, kam langsam auf uns zu. „Ihr müsst Zaubermaus und Paul sein!“, sagte er recht freundlich.

Wir nickten nur, wunderten uns aber darüber, dass dieser Alte uns kannte. „Woher kennen Sie unsere Namen?“, fragte ich neugierig.

Unser Gegenüber schmunzelte. „Nun, ich kenne nicht nur eure Namen, sondern weiß über euch sicherlich viel mehr, als euch lieb ist. Ich weiß zum Beispiel, dass euch die Zeit im Nacken sitzt und ihr eigentlich schon wieder unterwegs sein müsstest zu eurem nächsten Reiseziel."

„Mhm", sagte ich und schaute den Mann erstaunt an.

„Wundert euch nicht. Ich kenne jemanden sehr gut, den ihr auch kennt. Mehr verrate ich aber nicht."

Er machte eine kurze Pause.

„Ich will euch nichts Böses, sondern euch helfen. Dafür aber müsst ihr mir einen Gefallen tun." Er drehte sich um und ging in den Raum zurück, aus dem er zuvor gekommen war.

Eine Weile lang hörten wir ihn kramen und Schubladen öffnen und schließen, dann kam er zu uns zurück. In der Hand hielt er einen Briefumschlag. „Den hier müsst ihr unbedingt mitnehmen!", sagte er und reichte mir den Umschlag.

Ich warf einen Blick darauf und sah, dass dieser sehr alt sein musste, denn das Papier war vergibt, die Anschrift kaum mehr zu lesen. Außerdem zierte ein Siegel den Brief. „Für wen ist der Brief?", fragte ich.

„Der Adressat wird sich bei euch melden", gab der Alte geheimnisvoll zurück. Er lächelte uns an, doch hatte ich das Gefühl, dass er gar nicht uns meinte, sondern in eine längst vergangene Zeit abgetaucht war.

Eine Zeit lang schwiegen wir, dann sagte unser Gastgeber: „Euch erwartet eine Kutsche, die wird euch nach Papua Neuguinea bringen. Das ist euer nächstes Ziel. Aber lasst euch nicht vom Weg abbringen und passt gut auf euch auf! Es werden noch lange und harte Tage auf euch zukommen! Aber nun macht euch auf dem Weg!"

„Und wie ist Ihr Name", fragte Paul geistesgegenwärtig.

„Mein Name spielt jetzt im Augenblick keine Rolle, ihr müsst euch beeilen", bekam er zur Antwort. Und dann war der Mann plötzlich aus unserem Blickwinkel verschwunden.

Paul und ich schauten uns verwundert an. „Na, dann wollen wir mal nach Papua Neuguinea reisen", sagte ich.

„Soll nett da sein", fügte Paul hinzu.

Als wir die Villa verließen, stand vor dem Eingangsportal eine große, goldene Kutsche, die von vier prächtigen Pferden gezogen wurde. Paul und ich stiegen ein – bereit für das nächste Erlebnis.

9

Schnell wie der Blitz machte sich die Kutsche auf den Weg nach Papua Neuguinea. Paul und ich mussten uns schon gut festhalten, wurden aber trotzdem ordentlich durchgeschüttelt. Das hier war schon etwas anderes als vorher auf unserem Luxusliner. Die Fahrt verlief ohne Zwischenfälle, doch kurz vor unserem Ziel löste sich ein Rad von der Kutsche und sie fiel zur Seite.

„He, he, haltet die Pferde auf", rief ich erschrocken, denn ich hatte aus dem Fenster gesehen, dass sich die Tiere alleine befreit hatten und dabei waren, sich vom Acker zu machen. Doch mein Geschrei verpuffte ungehört. So schaute ich erst einmal nach Paul. „Alles okay bei dir?

„Ja, ja, alles gut! Lass uns aussteigen."

Das taten Paul und ich auch. Als wir draußen standen, sahen wir, dass sich nicht nur die Pferde auf und davon gemacht hatten, sondern auch der Kutscher.

„Und was machen wir jetzt?", fragte Paul.

Ich schaute mich kurz um. „Nun, dann müssen wir wohl oder übel den Rest laufen, Paul!"

Paul war das wiederum gar nicht recht, denn er war nicht gut zu Fuß. Gott sein Dank ging langsam die Sonne unter und ein leichter Wind zog auf, so mussten wir nicht in der heißen Glut der Nachmittagssonne laufen. Wir liefen also los, doch schon bald mussten wir rasten, weil Paul hundemüde war. Er sagte zwar nichts, aber ich kannte ihn lange genug, um das an seinem Gesichtsausdruck zu sehen.

„Okay, Paul, lass uns hier Rast machen", schlug ich vor.

Als wir einen geeigneten Platz gefunden hatten, sammelte ich ein wenig Brennholz, um ein kleines Lagerfeuer entzünden zu können. Das war recht gemütlich und Paul und ich breiteten uns davor aus.

Ich war gerade dabei, einzuschlafen, da hörte ich ein leises Knistern hinter mir. Ich drehte mich um, doch konnte ich nichts und niemanden entdeckten. Das Geräusch aber blieb.

„Hörst du das auch?“, fragte ich Paul.

„Nein“, antwortete er. „Ich habe nichts außer dem Knurren meines Bauchs gehört. Ich könnte jetzt glatt ein halbes Schwein verdrücken, so groß ist mein Hunger.“

Ich hörte jedoch nur mit halbem Ohr hin, was mein Freund von sich gab, rief aber: „He, du da in den Sträuchern! Entweder du kommst freiwillig raus oder ich hol dich!“ Dann zählte ich ganz langsam: „1… 2 … und 3 …“

Dann kam Wesen, dass zuvor das Knistern hinter mir hervorgerufen hatte, hervorgekrochen und antwortete mir: „Halt! Stopp! Ich komm ja freiwillig raus.“

Was ich dann sah, übertraf alles, was ich bis dato auf unserer Reise gesehen hatte … Es war eine riesige Schnecke mit einem riesigen Haus oben auf! Sie stellte sich als Mali vor und konnte, wer hätte es gedacht, tatsächlich mit uns reden.

Natürlich fand ich die Begegnung mit ihre interessant, wusste aber nicht, wie sie uns weiterhelfen sollte. Paul allerdings hatte gleich eine Idee, wobei ich mir nicht sicher war, ob er das ernst meinte, als er fragte: „He, Mali, wie wäre es, wenn du uns das letzte Stück bis nach Papua Neuguinea bringen würdest?“

Gerade wollte die Schnecke antworten, da fiel ich ihr ins Wort: „Weißt du eigentlich, Paul, wie lange wir mit ihr unterwegs sein würden? Du weißt doch, wie langsam Schnecken sind!“

Doch anders, als erwartet, antwortete die Schnecke: „Ich seh zwar so aus, als ob ich langsam bin. Bin ich aber nicht. Nun steigt auf mich drauf, nehmt Platz in meinem gemütlichen Haus und ich bring euch zu eurem Ziel.“

„Nun gut“, sagte ich, „dann wollen wir mal sehen, was du so drauf hast.“ Ich hatte ja in meinem Leben schon so einige Dinge erlebt, warum also sollte Mali nicht vielleicht eine echte Rennschnecke sein. Äußerlich bewahrte ich die Form, ich wollte die Schnecke ja nicht beleidigen, innerlich aber musste ich von einem Ohr zum anderen grinsen. Rennschnecke ... wer hatte je so etwas Verrücktes gesehen. Dennoch kletterten Paul und ich behände in Malis Haus, fläzten uns auf ihr Sofa und gaben den Befehl: „Abmarsch, Mali! Auf zu neuen Ufern!“

Kaum hatten wir den Satz zu Ende gesprochen, hörten wir auch schon von unserer Reisebegleiterin: „Jungs, wir sind daaaaaa.“

Paul und ich konnten es nicht glauben, wir waren doch gerade erst aufgestiegen und sollten nun schon in Papua Neuguinea sein? Nein, das konnten wir uns beim besten Willen nicht vorstellen! Außerdem hatten wir doch gar kein Wasser überquert ...

Erst als wir mit eigenen Augen das Schild *Port Moresby* sahen, glaubten wir der Schnecke. Port Moresby war nämlich die Hauptstadt dieses Landes, so viel hatten Paul und ich bereits herausgefunden.

Es gab also keinen Zweifel mehr, Mali, die Rennschnecke, hatte uns in Windeseile in das nächste Land unserer Reise gebracht. Wir bedankten uns bei ihr und machten uns erneut auf die Suche nach einer Mitreisegelegenheit.

10

Wir waren nun schon seit gut drei Wochen unterwegs und wussten, dass wir Augen und Ohren aufhalten mussten, um unseren nächsten Reisebegleiter oder unsere nächste Mitfahrgelegenheit zu finden. Doch nachdem wir einige Zeit durch die Straßen von Port Moresby gewandert waren, kamen mir langsam Zweifel, ob Papua Neuguinea wirklich ein gutes Reiseziel für uns gewesen war. Nirgendwo tat sich eine neue Gelegenheit auf, um weiterreisen zu können.

Wir hatten uns nämlich vorgenommen, als Nächstes nach Asien zu fahren. Immerhin wäre dies der fünfte Kontinent gewesen auf unserer langen Wanderschaft und wir hätten damit schon ein gutes Stück unseres Weges geschafft.

Irgendwann hatte ich kaum mehr Hoffnung auf ein Weiterkommen, da tauchten plötzlich zwei herrenlose Esel vor uns auf.

„Los, Paul, lass doch mal den Cowboy raushängen und fang die beiden Viecher ein“, scherzte ich, nichts ahnend, dass mein Freund das Gesagte gleich in die Tat umsetzen würde. Und so kamen wir mehr oder weniger ohne Kraftanstrengung zu einem neuen – oder besser gesagt – zu zwei neuen Reisemobilen.

Die Esel hießen Willi und Billi und waren sehr gute Reittiere. Paul und ich kamen fix voran und staunten nicht schlecht, als wir, wir waren die ganze Nacht lang durchgeritten, am nächsten Morgen vor einer riesigen Mauer standen. Paul und ich stiegen von den Eseln ab. Doch kaum ließen wir zwei aus den Augen, rannten diese weg.

„Na toll“, dachte ich. „Jetzt stehen wir hier im Niemandsland, wissen weder, wo wir sind, noch wie wir weiterkommen sollen, und jetzt hauen uns auch noch die Esel ab.“ Aber wir konnten es ja nicht ändern, also widmeten wir unsere Aufmerksamkeit dieser Mauer, die sich, so schien es jedenfalls, bis zum Ende des

Horizonts erstreckte. So ein großes Bauwerk, da waren Paul und ich uns einig, hatten wir beide noch nie gesehen.

„Ich glaube, wir sind in China“, sagte Paul plötzlich. „Mein Vater hat mir einmal von einem Bauwerk in China erzählt, einer Mauer, die so lang sein soll, dass man diese nicht einmal in 100 Tage abwandern kann. Monate würde man dafür brauchen. Ja, das sagte er. Und ich glaube, wenn ich mir das alles hier so anschaue, dass dies die Chinesische Mauer ist, von der er damals gesprochen hat.“

Ich hatte davon noch nicht gehört, aber mit China hatte ich bislang kaum je etwas zu tun gehabt. „Und was bringt uns nun deine Weisheit?“, fragte ich Paul.

„Das wirst du gleich sehen!“, antworte Paul geheimnisvoll und rief laut: „Hallo, seid ihr da?“

„Kennst du hier jemanden?“, fragte ich verwirrt. Ich konnte mich nicht erinnern, dass Paul je von chinesischen Freunden oder Bekannten gesprochen hatte.

„Lass dich überraschen“, sagte er nur kurz und konzentrierte sich. Eine Weile blicke er immer wieder Mauer hoch, Mauer runter, doch es blieb still. Sehr still. Nichts rührte sich. Nicht mal ein Windhauch war zu spüren.

„Komm, lass uns weiterziehen, hier passiert wohl nich...“ Ich konnte meinen Satz nicht zu Ende sprechen, denn plötzlich war um uns herum eine wahnsinnig starke Luftbewegung zu spüren. Und dann hörten wir das Klappern ...

... das Klappern der Schwingen zweier überwältigend großer Drachen, die direkt vor uns auf der Erde landeten.

Von einem der Drachen, die mit mächtigen Schwingen ausgestattet waren, rutsche sogleich eine junge Frau in landestypischer Tracht.

„Ni hao“, begrüßte sie Paul und mich mit einer tiefen Verbeugung. „Mein Herr lädt euch ein, auf seinen Reittieren das Land zu erkunden und euer nächstes Ziel zu erreichen.“

„Ni hao“, grüßten Paul und ich zurück und deuteten beide gleichzeitig auf die zwei Drachen.

„Meinst du mit *Reittieren* diese riesigen Ungeheuer", fragte ich. Ich fürchtete mich kaum vor etwas, denn ich hatte auf Erden, im Himmel und in der Hölle schon so manches Getier kennengelernt. Doch diese beiden Drachen flößten selbst mir Ehrfurcht ein.

„Du musst dich nicht fürchten", lächelte die junge Frau, die deutlich als Asiatin zu erkennen war. „Unsere Drachen hier in China sind darauf dressiert, wie Pferde ihre Reiter zu tragen." Sie lächelte immer noch und machte mir damit ein wenig Mut.

In diesem Moment fiel mir ein, dass man China auch das Land des Lächelns nannte. Ob das Lächeln dabei nun ehrlich gemeint war oder einfach nur das Alltagsgesicht der jungen Frau war, erfuhr ich nicht. Aber Paul und ich hatten keine andere Wahl, als ihr zu vertrauen, denn noch immer war weit und breit, außer dem Mädchen und den Drachen, keine Menschenseele oder ein anderes Wesen zu sehen.

Wir ließen uns von der jungen Frau, die sich inzwischen als Xena vorgestellt hatte, nun zeigen, wie man möglichst elegant einen Drachen bestieg, um auf ihm reiten zu können. Ob Paul und ich das tatsächlich elegant managten, mag ich mal bezweifeln, aber immerhin schafften wir es, sicheren Sitz auf dem Drachen zu erlangen. Kaum saßen wir, erhoben sich die mächtigen Tiere auch schon in die Lüfte.

Was für ein Gefühl! Ich war zwar schon oft geflogen, aber das war nichts im Gegensatz zu dem, was ich hier erleben konnte. Die beiden Drachen flogen mit der Leichtigkeit einer Feder und ihre Schwingen gaben dem Ganzen eine solche Eleganz, dass ich mich fast majestätisch fühlte.

Paul schien es ähnlich zu ergehen. Er saß hinter Xena auf dem zweiten Drachen und hatte natürlich wieder nur Augen für die Frau. Wenn man nicht wusste, dass es zu Hause Frau und Kinder hatte, hätte man ihn für den größten Weiberhelden aller Zeiten halten können auf Gottes weiter Erde. Ich wusste ihn allerdings zu nehmen und zwinkerte ihm nur zu, was so viel bedeuten sollte wie: „Halte dich zurück, Freundchen!"

Nach unserer Landung vor einem großen Palast erfuhren wir von Xena noch, dass hier einst die Kaiser des Landes residiert hatten. Mächtige Monarchen, die über Jahrhunderte hinweg das Land befehligt und die Drachen ausgebildet hatte. Heute gab es diese Kaiser nicht mehr, aber in den alten Palästen waren inzwischen Drachenschulen eingezogen. Eine davon durften wir nun besuchen.

Als sich jedoch von jetzt auf gleich der Himmel über uns schwarz färbte und die Sonne sich verdunkelte, wurde mir ziemlich mulmig zumute. Zunächst dachte ich noch an ein Gewitter oder an ein anders Himmelsphänomen, dann aber sah ich, dass Tausende Drachen den Himmel verdunkelt hatten. Schon sah ich mein letztes Stündlein kommen, denn wenn Paul und ich auch gute Kämpfer in der Not waren, mit Tausenden Drachen konnten wir es nicht aufnehmen. Das war mir sofort klar.

Natürlich hatten auch Paul und Xena das Schauspiel am Himmel entdeckt. Während Paul das Treiben da oben genauso aufmerksam studierte wie ich, schien das Ganze Xena nur zu amüsieren. Sie lächelte immer noch und schien kein bisschen Furcht vor diesem Himmelsphänomen zu haben.

Nach einer Weile sagte sie: „Kein Angst, unsere Drachen haben nur einen Schulausflug gemacht. Die Drachenlehrer haben ihnen unser schönes Land gezeigt und sie sind dabei die 9000 Kilometer lange Chinesische Mauer abgeflogen. Wenn sie gleich landen, solltet ihr euch allerdings in Sicherheit bringen. Die Drachenkinder sind sicherlich hungrig und das ein oder andere könnte vielleicht auf die Idee kommen, einen von euch beiden oder gleich euch beide zu verspeisen." Das sagte Xena mit einer solchen Ruhe, als würde sie über das Pflücken von Gänseblümchen sprechen. Und sie lächelte – wie immer.

Deshalb wussten Paul und ich natürlich nicht, ob Xena die Sache mit dem Verspeisen ernst gemeint hatte. Da aber Vorsicht die Mutter der Porzellankiste war, versteckten Paul und ich uns vorsichtshalbe hinter einem großen Mauervorsprung, den ich im Eingangsbereich des Palastes entdeckt hatte.

Und das Ganze geschah keinen Augenblick zu früh, denn genau in dem Moment, in dem Paul und ich uns duckten, stieß eine Heerschar von Drachen vom Himmel, wühlte alles um uns herum auf – Xena lächelte noch immer – und stürmte schließlich der Eingangspforte entgegen.

Paul schrie nur: „Oh man, das war's jetzt! Es ist aus mit uns ..."
Und dann wurde es plötzlich Mucksmäuschen still um uns und wir fielen und fielen und fielen ... in die Tiefe.

11

Doch anders, als erwarten, fielen wir nicht zu Boden, sondern in ein Meer aus Tulpen. Wo waren wir denn nun schon wieder gelandet? Ich schaute mich um – es gab rote, weiße, lila Tulpen, solche, die aussahen wie Flammen, gefleckte Tulpen, gefüllte Tulpen, kleine und große Tulpen.

Ich hatte noch immer nicht begriffen, wo ich war, da hörte ich eine liebliche Stimme mit einem wundervollen Akzent rufen: „He, ihr zwei, was habt ihr hier in meinen Tulpen rumzuliegen? Könnt ihr nicht lesen, oder was? Das steht doch deutlich *Verboden toegang.*"

Paul schaute rüber zu mir und zuckte wie immer mit den Schultern. „Wir verstehen leider nicht, was das heißen soll", sagte er schließlich.

„Oh, das wusste ich nicht", sagte die junge Frau, die uns zuvor ausgeschimpft hatte. „Es tut uns leid. Ihr seid hier auf meinem Tulpenfeld. Und das dürft ihr niet betreden ... äh ... nicht betreten. Ihr zertrampelt ja meine ganzen Pflanzen."

„Schöne Frau, du kannst so wunderbar schimpfen", schmeichelte sich Paul sogleich wieder ein. „Verrätst du uns denn noch, wo wir hier gelandet sind. ... Und wie du heißt."

„Ich bin Mimi", sagte die blonde Frau. „Und ihr seid hier im Königreich der Niederlande. Oder Holland, vielleicht kennt ihr mein Land ja auch unter diesem Namen." Nun schimpfte Mimi auch gar nicht mehr, sondern lächelte. Und wenn man genau hinsah, dann ähnelte dieses Lächeln dem von Xena in China.

„China!", schrie ich plötzlich auf. Mir war soeben bewusst geworden, dass uns unser Fall vor der Drachenschule direkt Tausende Kilometer zurück nach Europa gebracht hatte. Was für eine wahnwitzige Reise, auf die Paul und ich uns da eingelassen hatte. Ich begriff gar nichts mehr ...

Auch Paul schien plötzlich bewusst zu werden, was für ein Wunder wir da soeben erlebt hatten. „Es ist sehr schön hier bei dir, liebe Mimi", sagte er. „Und wir wollen deine Tulpen auch gar nicht zerstören. Bitte entschuldige, dass wir ausgerechnet hier gelandet sind. Doch wir müssen weiter. Wir haben eine große Mission zu erfüllen. In 100 Tagen um die Welt. Und wir haben bislang nur einen Bruchteil der Länder bereist, die wir bereisen wollen."

Das hörte sich fast nach einem Plan an, von dem Paul hier sprach. Doch hatten wir einen Plan? Bislang waren wir meines Erachtens nach planlos durch Zeit und Raum gereist, ohne zu wissen, wohin uns die Reise als Nächstes führen würden. Das klang nicht nach einem echten Plan ... Und so sagte ich zu Paul: „Wir haben hier jetzt lange genug Maulaffen feilgehalten. Los, wir müssen das nächste Reisemobil auftun, wenn wir keine Zeit vergeuden wollen."

„Ihr sucht eine günstige Mitfahrgelegenheit?", mischte sich Mimi in unser Gespräch ein. „Ich wüsste da etwas." Sie drehte sich von uns weg und machte ein schnatterndes Geräusch. Und das nicht einfach nur so, denn aus den Tiefen des Tulpenfeldes kamen plötzlich zwei Enten auf uns zugewatschelt.

„Das ist doch wohl nicht wahr!", stöhnte ich innerlich auf. Was sollten wir denn mit zwei Watschelenten anfangen?

Doch schon bald stellte sich heraus, dass es sich bei diesen beiden Prachttieren dieser Gattung nicht um zwei gewöhnliche Haus- und Hofenten handelte, sondern um echte Flugenten, die Pilotenhelme auf ihrem Kopf trugen. Und nicht nur das war außergewöhnlich an ihnen, denn auf ihren Rücken waren kleine Sitze befestigt, die genug Platz für zwei Passagiere boten. Für zwei Passagiere wie Paul und mich ... Eine weitere Einladung brauchten wir beide nicht und so bestiegen wir unser nächstes Flugobjekt.

Ob wir uns vom Drachen zur Ente dabei verbesserten oder verschlechterten, darüber sollte sich jeder selbst einmal Gedanken machen ...

Kaum hatten wir in den Sitzen Platz genommen, ging es steil hoch in die Luft. Oh man, flogen die Flugenten schnell. Die konnten es, was die Geschwindigkeit anging, tatsächlich mit den chinesischen Drachen aufnehmen.

Zunächst gestaltete sich die Reise auch sehr entspannt, doch als die Sonne untergegangen war, wurde es kalt und kälter. Bald sah ich, dass an Pauls Nase kleine Eiszapfen hingen.

„Mir iiiiisssstttt sooooo kaltttttt", hörte ich ihn bibbern.

Wir baten die Enten, zu landen, doch die beiden reagierten weder auf freundliche Ansprache noch auf böses Gezeter. Sie schienen taub zu sein.

Plötzlich und wie aus heiterem Himmel sackten die beiden Flugenten ab. Es machte fast den Anschein, dass bei den Enten langsam die Flugkraft zu Ende ging.

Als Paul bemerkte, was geschah, rief er: „Da unten ist ja nur Eis, Zaubermaus? Was sollen wir tun?"

Doch es war zu spät. Die Flugenten konnten sich nicht mehr in der Luft halten, legten aber eine saubere Bruchlandung hin. Uns war dabei zum Glück nichts passiert, denn sonst hätte unsere Welt-Challenge wohl hier ihr Ende gefunden.

Nun aber lagen wir hier im Eis. In Dunkelheit. In erbitterter Kälte. Und die blöden Enten? Die waren, wie sollte es auch anders sein, plötzlich wie vom Erdboden verschluckt.

Würden Paul und ich hier vielleicht unser Ende finden? Würden wir hier elendig zugrunde gehen? Weit ab von jedweder Zivilisation in der Weite des ewigen Eises? Ich hätte heulen können. Obwohl? War ich nicht eigentlich schon vor langer Zeit von dieser Welt gegangen, um in den Katzenhimmel zu kommen? Natürlich, denn sonst hätte ich ja nie im Leben Paul getroffen. Konnte man vielleicht zweimal sterben? Gab es da nicht mal so einen Doppelagenten mit zwei Nullen, der zweimal gelebt hatte? Fing ich hier nun an zu halluzinieren? Warum hatte ich plötzlich so merkwürdige Gedanken? Erfror ich?

„Da hinten ist ein kleines Licht", schrie Paul plötzlich ganz aufgeregt. „Siehst du das etwa nicht?"

„Jetzt sehe ich es auch“, platzte es aus mir heraus. Meine trüben Gedanken waren plötzlich alle verschwunden und ich war wieder klaren Verstandes.

Und dann war es immer deutlicher zu sehen. Dieses grün schimmernde Licht, das näher und näher kam ...

12

Wenig später sahen wir nicht nur das Licht, sondern hörten auch Hundegebell! Wir waren gerettet, als plötzlich zwei weiße Huskys vor uns standen. Sie hießen Pünktchen und Rocky und waren auf Expedition. Das erzählten sie uns gleich. Die zwei boten uns heißen Tee an, den sie aus einer Thermoskanne um ihren Hals herum abzapften. Was für eine Wohltat, dieses herrlich heiße Getränk in der Kehle zu spüren.

„Ein Himmelreich für einen Tee", hätte ich am liebsten ausgerufen, tat das aber nicht, weil es mir dann doch zu albern war.

Als wir uns ein wenig aufgewärmt hatten, kehrten langsam auch unsere Lebensgeister zurück und wir freundeten uns sogleich mit Pünktchen und Rocky an.

„Hätten wir gewusst, dass wir euch hier in Grönland treffen, hätten wir heute Morgen den Schlitten mitgenommen, den wir sonst ziehen", bemerkte Rocky.

Pünktchen fügte mitfühlend hinzu: „So können wir euch nur ein paar warme Decken und einen Ritt auf unseren Rücken anbieten." Sie sah abschätzend erst zu mir, dann zu Paul. „Ihre beide dürftet nicht allzu schwer sein, da ist es für uns ein Leichtes, euch zu transportieren."

Dann ging es los, der Wind pfiff uns nur so durch das Gesicht. Es war bitterkalt und Paul und ich froren – trotz der Decken, die uns die Schlittenhunde gegeben hatten. Deshalb dauerte diese Reise auf den Hunderücken für uns gefühlt auch Stunden, obwohl wir sicherlich so lange gar nicht unterwegs waren, bis wir die ersten Häuser aus Eis vor uns auftauchen sahen.

Pünktchen und Rocky steuerten direkt auf ein Iglu in der Dorfmitte zu, dass besonders groß und besonders schön verziert war. Als Paul und ich schließlich von den Hunderücken kletterten, knackten unsere eingefrorenen Knochen mächtig. Eine halbe

Stunde länger ... und man hätte uns auftauen müssen. Vielleicht wären wir aber auch einfach so erfroren ...

„So, wir sind da“, sagte Rocky und schüttelte sich kurz, sodass sich kleine Eisstückchen aus seinem Fell lösten.

„Das wäre hier für mich für immer kein Leben“, ging es mir durch den Kopf, als langsam wieder Leben in meine Gliedmaßen kam und es fürchterlich zu knibbeln begann. Da war mir die Hitze in der Hölle bei Pauls Vater doch lieber. Ich wurde aus meinen Gedanken gerissen, als sich die Tür des Iglus öffnete. Ich hatte nicht mal gewusst, dass Iglus überhaupt Türen hatten! Ein Mädchen trat heraus, vielleicht zehn Jahre alt, das uns gleich freundlich hereinbat.

Ich stellte Paul und mich kurz vor und fragte: „Vielen lieben Dank für deine Gastfreundschaft! Aber wo sind wir hier eigentlich gelandet?“

Die Kleine schaute ganz verdutzt und musste lachen. „Ihr seid in Grönland.“

„Was?“

„Ja, das hier ist Grönland und ihr könnt von Glück reden, dass mein Vater vorhin die Hunde rausgelassen hat, denn sonst wärt ihr bestimmt in dieser Eiskälte da draußen zu Tode gekommen.“

„Kannst du uns zu deinem Vater bringen?“, fragte Paul, der unruhig von einem Fuß auf den anderen trat.

„Nein, das geht gerade leider nicht. Ich Vater ist ausgegangen, um Fische zu angeln.“

„Angeln? Bei dieser Kälte?“, horchte Paul nach.

„Ja, das Eisangeln ist sein liebstes Hobby“, antwortete das Mädchen. „Damit könnte er sich den ganzen Tag über beschäftigen, wenn er nicht hin und wieder einmal etwas anderes zu tun hätte. Möchtet ihr etwas Heißes trinken, um euch aufzuwärmen?“

Da sagten Paul und ich natürlich nicht Nein.

Bald darauf saßen wir mit dem Kind zusammen in einem gemütlichen Wohnzimmer, eine dampfende Tasse Tee vor uns, die Paul noch mit einem ordentlichen Schluck Rum aufgepimpt hatte, und wartetet auf den Hausherren.

Wenn wir zu diesem Zeitpunkt schon gewusst hätten, auf den wir hier wartetet, na, dann wäre uns eine mächtige Überraschung erspart geblieben ...

So aber hörten wir dem Kind zu, das uns vom Leben der Eskimos berichtete und uns mit ihren lebendigen Schilderungen ein wenig die Zeit vertrieb. Bis die Tür aufging ...

13

… und der Weihnachtsmann höchstpersönlich dieses stattliche Haus betrat. Wir erkannten ihn sofort, denn seine Arbeitskluft – der rote Mantel und die rote Mütze mit weißem Bommel – schien auch sein Alltagsoutfit zu sein, denn genau das trug er, als er zu Paul, mir und seiner Tochter, die übrigens Clara hieß, stieß.

Wie man es vom gütigen Weihnachtsmann eigentlich gar nicht erwartet hätte, polterte er gleich los: „Was wollt ihr hier?"

Natürlich meinte er Paul und mich, doch bevor ich antworten konnte, sagte Clara: „Papa, sei nicht so unfreundlich. Paul und Zaubermaus sind unsere Gäste. Nur weil du wieder einmal nichts gefangen hast, musst du nicht so rumstänkern."

„Stimmt, hast ja recht, mein Mädchen", erwiderte der Mann im roten Mantel darauf und wandte sich an Paul und mich: „Seid willkommen in meinem bescheidenen Heim. Wenn ich den ganzen Tag über so einem blöden Eisloch sitze und dann nichts fange, werde ich leider schon mal etwas grummelig", entschuldigte er sich. „Nun aber zu euch", fuhr er fort, nachdem er sich den dicken Mantel ausgezogen hatte, unter dem ein roter Hausmantel zutage trat. „Was kann ich für euch tun? Was hat euch hier in die Kälte Grönlands ans Ende der Welt verschlagen?"

Paul berichtete dem Weihnachtsmann von unserer Wette, der Reise und den vielen Stationen, wir bislang bereist hatten. Er berichtete von der Ballonfahrt, Betty, den Motorrad, dem Motorboot und dem Kreuzfahrtschiff, der Drachen, den Flugenten und natürlich auch von dem Ritt auf Pünktchen und Rocky.

Der Weihnachtsmann staunte nicht schlecht, als Paul seinen Bericht beendet hatte. „Da habt ihr auf eurer Reise ja schon einige gesehen", sagte er. Dann hielt er einen Moment inne, als würde er überlegen, dann platze es aus ihm heraus: „Hohoho, ich weiß, wie ich euch weiterhelfen kann."

Mehr aber verriet er nicht. Stattdessen lud er uns zu einem zünftigen Mahl ein, das Paul und ich uns schmecken ließen – wir hatten in der Kälte gar nicht bemerkt, wie hungrig wir wirklich waren –, dann gingen wir ins Bett und fielen vor lauter Erschöpfung in einen traumlosen Schlaf.

Als wir am nächsten Morgen aufstanden, erwartete uns ein prächtiges Frühstück. Zur Begrüßung sagte der Weihnachtsmann: „Damit ihr eure Weiterfahrt gestärkt antreten könnt, habe ich das Beste auffahren lassen, was unser Kühlschrank hergab. Greift zu und stärkt euch, eure Reise ist noch lang."

Das ließen Paul und ich uns nicht zweimal sagen. Wie zwei Verhungernde langten wir zu, denn wer wusste schon, wann wir wieder etwas zu essen bekommen würden. Erst als wir beide nicht einmal mehr *Piep* sagen und uns noch ein Lunchpaket für unterwegs gerichtet hatte, standen wir vom Tisch auf.

„Wir müssen weiter, lieber Weihnachtsmann", sagte ich, denn auch, wenn ich es bedauerte, denn die Gastfreundschaft hier gefiel mir ganz besonders gut, Paul und ich mussten los. Aber vielleicht würde sich später noch einmal die Möglichkeit bieten, den Weihnachtsmann und Clara zu besuchen. Ewig würde unsere Reise ja nicht mehr dauern, immerhin war die Hälfte der Zeit fast verstrichen.

Als wir vor die Tür des Iglus traten, erwartete uns gleich die nächste Überraschung. Denn dort stand nicht nur eine prächtige Kutsche, sondern wir sahen auch die Rentiere des Weihnachtsmanns, die gerade von einem seiner vielen Wichtelgehilfen eingespannt wurden.

„Das sind Dasher, Dancer, Prancer, Vixen, Comet, Cupid, Donner, Blitzen und Rudolph", sagte unser Gastgeber. „Sie werden euch sicher zu eurem nächsten Ziel bringen. Und grüßt mir den Höllenfürsten, also deinen Vater, Paul, ganz herzlich, wenn ihr ihn wieder einmal trefft. Wir haben uns lange nicht gesehen. Es wäre eigentlich wieder einmal Zeit für ein Treffen."

Paul und ich bestiegen die Kutsche, die von einem der Wichtel gesteuert wurde. Nach unserer freundlichen Verabschiedung, die uns dieses Mal tatsächlich besonders schwerfiel, erhob sich das Gefährt, das man sonst nur in der Weihnachtsnacht einem Kometen gleich am Himmelszelt sah, in die Höhe. Funkelnde Sternschnuppen begleiteten unseren Weg und wir hatten fast das Gefühl, ins Wunder-Weihnachtsland unterwegs zu sein. Der Himmel war hier oben sternenklar, obwohl es unten auf der Erde noch taghell war, es war fast ein märchenhaftes Gefühl, das Paul und mich hier oben beschlich.

Doch wie jede Fahrt hatte auch diese bald ein Ende. Wir setzten zur Landung an und der Wichtel des Weihnachtsmanns, der bislang kein einziges Wort mit uns gesprochen hatte, sagte nun: „Hier endet unsere Schlittenfahrt. Ich wünsche euch weiterhin gutes Gelingen." Kaum hatte er das ausgesprochen, war er auch schon wie vom Erdboden verschluckt, verschwunden und Paul und ich standen in einer öden Wildnis und wussten nicht, wohin.

14

„Langsam habe ich echt keinen Bock mehr“, stieß Paul hervor. „Nie weiß man, wo man ist oder was einen als Nächstes erwartet. Komm, lass uns gehen, macht ja keinen Sinn, hier in der Landschaft rumzustehen.“

Ich musst Paul beipflichten. Manchmal wäre es doch ganz schön, wenn man wüsste, in welches Abenteuer man stolpern würde. Aber wäre das dann überhaupt noch ein Abenteuer? *Stolpern* war dagegen das richtige Stichwort, denn genau das taten Paul und ich ... wir gingen los, dieses Mal wenig motiviert, und stolperten geradewegs in die nächste Geschichte.

Denn als wir so unseres Weges gingen, stolperten Paul und ich plötzlich über einen großen Stein. Wir hätten schwören können, dass der vorher da nicht gelegen hatte. Wir fielen zwar nicht auf die Schnauze, doch geradewegs in die Arme eines Mannes, der ziemlich verwegen aussah und eine merkwürdige Kappe auf dem Kopf trug.

Ich flüsterte Paul zu: „So eine Kappe habe ich schon mal gesehen, die gehörte diesem Mongolen, der uns mal mit seinen Freunden zum Bier eingeladen hatte. Kannst du dich erinnern?“

Paul nickte zwar, aber ich hatte eher den Eindruck, dass er gar nicht wusste, wovon ich sprach.

Stattdessen antworte der Fremde: „Du musst nicht flüstern. Ich verstehe euch sonst so schlacht.“

Wahrlich, ich schwöre, der Mann redete wie Paul und ich!

Dann fuhr er fort. „Und ja, ihr seid hier in der Mongolei. Mein Land. Ich habe auf euch gewartet, denn ich habe gehört, dass zwei mutige Krieger auf dem Weg zu uns sind, die unsere Hilfe benötigen. Aber ihr seid wie blind durch die Gegend geeiert, deshalb habe ich euch den Stein vor die Füße geworfen.“

„Wir hätten uns das Genick brechen können!“, schrie Paul.

Doch der Mann beachtete ihn gar nicht. „Ich bin Yul", sagte er und ich lade euch zu mir nach Hause ein. Dort werdet ihr essen, schlafen und euch ausruhen, bevor ihr weiterreisen könnt."

Ich nickte.

„Gastfreundschaft wird bei uns großgeschrieben. Ich freue mich also, euch in meinem Haus begrüßen zu dürfen."

Haus war nun allerdings tatsächlich etwas übertrieben gesagt. Denn nach einem langen Fußmarsch, bei dem Paul und ich mit diesem kräftigen Kerl, der wohl das schnelle Laufen gewöhnt war, kaum mithalten konnten, kamen wir vor einer Jurte, einem großen Zelt, mitten in der Steppe an. Eine Frau und eine große Anzahl an Kindern wartete schon auf uns. Sie geleiteten uns zunächst zu einem Brunnen und zeigten uns, dass wir uns waschen sollten, da wir doch sehr staubig waren, dann lud uns die Familie in ihr Zuhause ein.

Hier war es warm und gemütlich und wieder einmal freuten Paul und ich uns über ein landestypisches Essen.

„Woher wusstest du eigentlich, dass wir kommen würden?", fragte ich, als das Essen beendet war und wir uns mit dem Hausherren zurückgezogen hatten.

„Ich habe da so meine Verbindungen." Mehr verriet Yul jedoch nicht.

Am nächsten Morgen brachen wir frühzeitig auf. Yul und seine Familie stellten Paul und mir zwei Wildpferde zur Verfügung und sagte uns, wir müssten, um ins nächste Land zu belangen, an den Khyargas See reisen. Das sei einer der größten Salzseen des Landes.

Der Ritt auf den Wildpferden entpuppte sich nicht gerade als ein Zuckerschlecken. Ohne Sattel war ich noch nie geritten und Paul konnte Pferde eh nicht so besonders gut leiden. Doch wir kamen heil an.

Unser nächstes Fahrzeug erkannten wir erst auf den zweiten Blick, denn zunächst hatten wir nur einen Turm aus dem Wasser ragen sehen. Als Paul dann aber erregt rief: „Ein U-Boot, ein U-Boot!", da erkannte auch ich es.

Das Unterseeboot tauchte auf und zwei junge Leute nahmen uns in Empfang. Sie stellten sich als Maria und Jossy vor und luden uns ein, das U-Boot zu betreten.

„Wir bringen euch zum nächsten Ort“, ergänzte Maria, als wir endlich die kleine Wendeltreppe ins Innere heruntergeklettert war. Mann, war das eng hier. Hier konnte man echt Platzangst bekommen.

Doch Paul war begeistert! Er hatte schon immer mal ein U-Boot von innen sehen und den Maschinenraum besuchen wollen. Dazu hatte er nun Gelegenheit.

Maria und Jossy begleiteten uns in die Tiefen des Unterseeschiffs und erklärten uns alles ganz genau. Als wir aber in den Maschinenraum kamen, waren wir doch sehr erstaunt, denn hier gab es keine Maschinen, so wie wir sie uns vorgestellt hatten, sondern Gestalten, menschenähnlich, aber doch sehr geisterhaft, die wie Galeerensklaven an Rudern saßen und das Boot genau in dem Augenblick in Bewegung setzten, als wir den Raum betraten.

„Und das soll funktionieren?“ Man konnte Pauls Skepsis deutlich in seinen Worten hören.

„Aber klar funktioniert das“ warf Maria lachend ein. „Das hier ist ja kein normales U-Boot. Ihr seid ja auch auf keinem normalen Trip.“

Dann erklärte sie uns, wie wir uns fortbewegen würden. Diese Wesen, deren Namen ich schon wieder vergessen hatte, würden so kräftig rudern, dass wir binnen kürzester Zeit Afrika erreichen würden.

„Afrika?“, fragte ich zweifelnd.

„Ja, Afrika“, betont nun Jossy, der bislang kaum mit uns gesprochen hatte. „Euch ganz genau zu erklären, wie unsere Fahrt vonstattengeht, ist schwierig. Das hat was mit der Erdkruste und den tektonischen Platten zu tun. Wir tauchen ganz tief ab in diesem See hier, der die Verbindungsstelle zu einer anderen Welt ist. Dann tauchen wir unter verschiedenen Lithosphärenplatten hindurch, welche, das soll euch nicht interessieren, um dann im

Victoriasee wieder aufzutauchen. Der liegt in Ostafrika. Und somit habt ihr dann einen Teil des afrikanischen Kontinents auf eurer Reise erobert."

Nach dieser ausführlichen Erklärung ging es auf Tauchfahrt. Was folgte, war Routine. Essen. Schlafen. Schlafen. Essen. Die Zeit dröppelte nur so dahin. Uns war langweilig, deshalb waren wir froh, als wir endlich hörten: „Festhalten!!! Wir tauchen auf!"

15

Kaum hatten wir das U-Boot verlassen, das sofort wieder abtauchte und wie ein Geisterschiff entschwand, da tauchten am Ufer des Victoriasees zwei opulent gekleidete Frauen auf, die man sicherlich eher im 19. Jahrhundert vermutet hätte als in unserer Zeit.

„Seid gegrüßt, Reisende", sprach uns die jünger Dame an. „Wie geleiten Euch zu unserem Etablissement. Lady Sutherby wird Sie dort empfangen. Folget uns."

„Herrje", dachte ich. „Ist eine Weltreise nicht schon genug? Müssen wir uns jetzt auch noch auf eine Zeitreise gegeben? Oder warum spricht diese Frau so gestochen?"

Paul und ich blickten uns an. Das konnte ja heiter werden! Trotzdem blieb uns nichts anderes übrig, als hinter diesen beiden Schicksen herzustolzieren, die mit Sonnenhütchen und Sonnenschirm durch die afrikanische Hitze stolzierten. Bald kamen wir an einem herrschaftlichen Anwesen an. Eine vornehme Dame begrüßte uns im sogenannten Salon, bat uns zu Tee und Scones, einem süßen Gepräze, das weder Paul noch mir schmeckte.

„Unser Auftraggeber bestand darauf, dass wir Ihnen einen gebührenden Empfang bereiten", sagte Lady Sutherby, näselte dabei ein wenig, ließ aber weiterhin offen, wer wohl ihr Auftraggeber war.

Letztendlich war uns das auch egal, denn natürlich konnten Paul und ich uns denken, wer hinter diesem ganzen Zauber stand.

Als wir uns kurz darauf verabschieden wollten, fragte ich noch: „Und warum tragen Sie diese komischen Kleider? Kriegt man darin überhaupt Luft?" Die waren nämlich in der Taille so eng geschnürt, dass man befürchten musste, die Damen würden gleich in Ohnmacht fallen.

„Der Victoriasee ist nach der englischen Königin Victoria benannt. Sie lebte zwischen 1819 und 1901, war eine großartige Frau und wir gedenken Ihrer am 24. Mai stets auf unsere ganz eigene Art“, erklärte Lady Sutherby. „Zufällig ist heute der 24. Mai, deshalb werden Sie Zeugen dieses besonderen Schauspiels.“

Besonders spannend fanden Paul und ich dieses ganze Getue nicht. Uns stand der Sinn vielmehr nach einer neuen, spannenden Aufgabe oder gar nach einem echten Abenteuer. Dass dies direkt vor der Tür auf uns wartete, ahnten wir noch nicht ...

Denn als wir nach draußen traten, blickten wir in die kleinen Augen von zwei Elefanten mit riesigen Stoßzähnen, die wohl unser nächstes Transportmittel sein sollten, denn auf ihren gewaltigen Rücken waren zwei Sänften montiert.

„Sind das die Viecher, die uns von hier wegbringen sollen?“, fragte Paul ungläubig. Doch noch bevor ich ihm antworten konnte, schwang der eine Elefant seinen Rüssel um ihn, der andere Elefant seinen Rüssel um mich – und *schwupps* – saßen wir beide in den Sänften, auf denen wir es uns bequem machten. Als sich die Elefanten in Bewegung setzten, vibrierte wieder einmal die Erde unter uns. Dieses Mal kündigte sich allerdings weder ein Vulkanausbruch noch ein Erdbeben an – das Vibrieren war einzig und allein den riesigen Elefantenfüßen geschuldet, die alles um sich herum beim Auftreten zum Erbeben brachten.

Wir trabten schon eine Weile durch die Lande, ohne klares Ziel vor Augen, als Paul bemerkte: „Hey, siehst du auch, was ich sehe?“ Er zeigte auf eine kleine Figur auf dem großen Kopf seines Elefanten.

„Ja, da vorne sitzt etwas“, antwortete ich und betrachtete mir das Wesen etwas genauer, das nicht viel größer als ein menschlicher Daumen war. Es machte den Anschein, als ob dieser Däumling Pauls und meinen Elefanten lenken würde, denn er trug eine kleine Peitsche in der Hand.

Dann hörte ich ihn rufen: „Los, vorwärts“, und die Peitsche knallte. Als der Winzling bemerkte, dass er beobachtet wurde, drehte er sich um und rief: „Ihr braucht keine Angst haben. Ich bin Elvis und der da drüben ist Femi." Erst jetzt erkannte ich, dass auch auf dem Kopf meines Elefanten ein solches Wesen saß. Ich hatte Femi, ich schwöre, vorher nicht gesehen.

„Gut, dann hätten wir das ja jetzt geklärt", sagte ich.

„Nun haltet euch schön fest denn, es könnte leicht schwanken, wenn wir in den Trab verfallen", gab Elvis, der offensichtlich der gesprächigere Däumling war, von sich.

Das Schaukeln war mit der Zeit so rhythmisch, dass ich mich wie in einer Babywiege fühlte und sanft entschlummerte. Ich träumte von Pyramiden, von Sandstürmen, von Oasen, wunderschönen orientalischen Schönheiten, von Kamelen und Säbelrasseln. Mir kam das im Traum alles so verdammt realistisch vor, dass ich, als ich erwachte, kaum glauben konnte, dass ich noch auf dem Rücken eines Elefanten saß, der mich am Victoriasee aufgegabelt hatte.

Ich sah zu Paul, dem es wohl ähnlich ergangen war wie mir. Als ich ihm von meinen Träumen erzählte, sah er mich erschrocken und starr an.

„Zaubermaus", sagte er. „Ich habe exakt das Gleiche wie du geträumt. Gleiche Orte, gleiche Geschehnisse."

Das kam uns beiden natürlich ziemlich spanisch vor. Deshalb wandten wir uns an Elvis, der noch immer auf dem Kopf des Elefanten thronte und ein Lied vor sich hin summte.

„Das war kein Traum", sagte er lächelnd. „Mein Lied und das Schaukeln haben eure Sinne nur ein wenig verblendet. Wir haben in den letzten Tagen gemeinsam den Vorderen Orient bereist und das ein oder andere Aufregende und Schöne zusammen erlebt. Femi ist mein Zeuge."

Das konnte ja wohl nicht wahr sein! Ich reiste durch die Lande und meine Sinne waren so berauscht, dass ich nicht einmal mitbekam, wenn ich in neue Länder kam? Dann aber fiel es mir wie Schuppen von den Augen. Hatte der Däumling gerade von Tagen gesprochen. Wie viele Tage hatten Paul und ich in diesem Dämmerzustand, sprich in diesem Traum wohl verbracht. Hatten wir durch dieses alles hier womöglich unsere Wette verloren?

Ich wollte mich gerade an Elvis wenden, um von ihm eine Erklärung zu erhalten, da sah ich, dass er und Femi spurlos verschwunden waren.

„Paul, sie sind weg", rief ich entgeistert. „Und wer lenkt nun dieses Riesen hier?"

„Schau doch mal zum Boden", gab Paul zurück.

Das tat ich ... und entdeckte zwei kleine Mäuse, vor denen die beiden Elefanten, wie es schien, mächtig Respekt hatten.

16

„Macht euch keine Gedanken“, rief uns eine Maus zu. „Elefanten haben Angst vor Mäusen. Steigt also aus eurer Sänfte, wir halten die Tiere so lange ruhig.“

Nur zu gerne befolgten Paul und ich diesen Befehl. Die Elefanten hatten uns zwar nichts getan, aber dieser Teil unserer Reise war doch sehr suspekt gewesen.

Als wir später mit den beiden Mäusen an einem Lagerfeuer saßen und ihnen von unseren Erlebnissen erzählten und auch davon, dass wir die letzten Tage wohl kaum bei Bewusstsein gewesen waren, da lachten die Mäuse uns nur aus.

„Jeder in Afrika kennt Elvis und Femi. Die beiden sind Derwische mit magischen Fähigkeiten, die jeden und alles so einlullen können, dass der- oder diejenige gar nicht mehr weiß, wer und wo er oder sie ist.“

Jetzt wurde mir einiges klar. Von Derwischen hatte ich zwar bislang noch nie etwas gehört, aber natürlich von Wesen, die die Magie beherrschten, in den Geist ihres Gegenübers einzudringen. So etwas musste uns hier passiert sein. Davon war ich absolut überzeugt.

„Wie viel Zeit haben wir dadurch verloren?“, fragte Paul aufgeregt.

„Nur ein paar Tage. Die könnt ihr aber leicht aufholen. Wie, das sage ich euch später. Für euch ist jetzt erst einmal wichtig, dass ihr auf dem Rücken der Elefanten etliche Länder durchquert habt. Ihr wart in Tansania, Kenia, in Uganda, Äthiopien und seid dann über die arabische Halbinsel gereist. Macht euch also keine Sorge, die Derwische waren euch gegenüber also nicht böse, sondern ...“

Die Maus machte eine kurze Pause, um nach den richtigen Worten zu suchen. Dann fuhr sie fort: „Sagen wir mal so, sie waren euch gegenüber nicht böse gestimmt, sondern haben euer Unterfangen auf ihre sonderliche Art und Weise irgendwie sogar unterstützt. Natürlich ist es schade, dass ihr von den durchreisten Ländern eigentlich nichts mitgekommen habt, letztendlich aber zählt doch wohl nur, dass sie euer Ziel nicht gefährdet haben."

Paul wurde diese ganze Erklärerei nun doch zu viel. „Lange Rede, kurzer Sinn", fuhr er der Maus ins Wort. „Wie kommen wir von hier weg?"

„Nichts leichter als das", schmunzelte die Maus und duckte sich.

Warum, konnten Paul und ich im ersten Moment nicht erahnen, aber dann erfasste uns wie aus dem Nichts eine gewaltige Windhose, trug uns in die Lüfte, wirbelte unser Vorderes nach hinten und das Hintere nach vorne, ließ uns kopfüber tanzen und Purzelbäume schlagen. Mir wurde kotzübel und als mir halb verdaute Bröckchen um die Ohren flogen, da wusste ich, dass es Paul nicht anders erging.

Als wir endlich wieder festen Boden unter den Füßen hatten, stellten wir fest, dass die Mäuse uns mal nicht belogen hatten. Wir hatten – quasi in Windeseile – die verloren geglaubten Tage wieder aufgeholt, denn wir waren hier weder in Afrika noch in Saudi Arabien, unserem letzten uns bekannten Standort.

Um uns herum sahen wir überall nur Berge, die mit Schnee bedeckt waren, und die Luft war rein und sauber.

„Hier war ich schon mal", freute sich Paul plötzlich und zeigte auf ein Schild am Wegesrand.

Willkommen in Vorarlberg

„Das Land kenne ich nicht", sagte ich und hatte schon Angst, wieder in so einem verflixten Traum gelandet zu sein.

„Vorarlberg ist kein Land, sondern nur ein Bundesland. So wie Bayern", lehrmeisterte Paul gleich. „Wir sind in Österreich. Yuchuuu!!!"

Von Österreich hatte ich natürlich schon mal gehört, wenn ich selbst auch noch nie einen Fuß in dieses Land gesetzt hatte. Ich wusste sogar, dass Wien die Hauptstadt war.

„Ist ein schönes, ruhiges Land“, sagte Paul. „Und stell dir vor, ich weiß sogar, dass es hier eine Ferienwohnung namens Drachennest gibt!“

„Danke, aber von Drachen habe ich erst einmal gehörig die Schnauze voll“, antwortete ich. Außerdem waren wir ja nicht zu unserem Vergnügen hier, immerhin hatten wir eine Aufgabe zu erfüllen. „Wir haben auch keine Zeit zum Ausruhen“, fuhr ich fort. „Denk daran, uns rennen die Tage davon. Wir sind inzwischen über 70 Tage unterwegs. Ich habe das vorhin mal nachgerechnet.“

Paul hörte jedoch wieder einmal nicht zu, sondern zeigte auf einen kleinen Pferdewagen, der direkt auf uns zukam. Er rief: „Da kommen zwei Brabanter Pferde. Das sind echte Kaltblutpferde, Zaubermaus.“

Hatte der ein Lehrbuch verschluckt oder zwischendurch die Weisheit mit Löffeln gefressen? Pauls Besserwisserei fing an, mir auf die Nerven zu gehen. „Ja, ich weiß, Paul“, antwortete ich nur kurz angebunden, da hielt der Pferdewagen mit den zwei stattlichen Rössern auch schon vor uns.

„Stets zu Ihra Dianst, mine Herra! Mine Pferda bringan Sie, wenns nötig isch, ans Ende da Welt!“, sagte der Kutscher, nachdem er vom Kutschbock gestiegen war.

Ich hatte nur *Hoimoi* verstanden und wusste nicht, was der Typ von mir wollte.

Als keiner von uns antwortete, sagte der Typ schon etwas weniger freundlich: „Ah, wohl nicht von hier? Dütsche, oder was? Egal. Ich habe gesagt: Stets zu Ihren Diensten, meine Herren. Meine Pferde und ich bringen Sie, wenn nötig, ans Ende der Welt.“

„Ans Ende der Welt wollen nicht, da kommen wir quasi gerade her. Wir suchen aber eine Mitfahrgelegenheit.“

Der Mann, der jetzt die Zügel seiner Pferde hielt, rief: „Na, dann hüpft mal hinten drauf. Ich nehm euch mit bis ins nächste

Städtchen." Dabei grinste er schelmisch, so hatte ich jedenfalls den Eindruck.

„Darf ich fragen, wer du bist und wie du heißt?", fragte Paul, der sich auf dem Kutschbock neben dem Kutscher sichtlich wohlfühlte.

„Klar darfst du das fragen. Ich bin die Uschi und meine Pferde sind der Waldi und der Pubs!"

Paul schaute ungläubig drein und auch ich war ziemlich verwirrt, denn wir hatten beide gedacht, der Kutscher wäre ein Mann.

Uschi sah unsere Verwirrung und musste nun lachen. „Ja, das denken alle, dass ich ein Mann bin, wenn sie mich sehen. So nehmen sie mich halt ernster." Uschi zog ihren Hut ab und darunter kam eine wallend blonde Mähne zum Vorschein. „Aber ich bin eine waschechte Frau, die allerdings versteht, ihren Mann zu stehen. Wenn ihr wisst, was ich meine."

Plötzlich stank es fürchterlich. „Und nun wisst ihr auch, warum mein lieber Pups *Pups* heißt. Übrigens: Wenn ihr Hunger habt, hinten auf meiner Pritsche liegen Äpfel, Brot und eine Flasche Rotwein."

Gerade wollte Paul einen kräftigen Schluck aus der Rotweinflasche nehmen, als ich ihm die Buttel abnahm. „Nein, Paul, du trinkst Wasser. Du weißt schon, warum." Dann setzte ich selbst an und nahm einen kräftigen Schluck aus der Pulle, was mir einen bösen Blick von Paul einbrachte.

Inzwischen hatten wir erfahren, dass die Stadt, von der Uschi gesprochen hatte, Bregenz war, eine Stadt am Bodensee. Natürlich wusste Paul wieder so einiges davon zu berichten, unter anderem von den jährlich stattfindenden Bregenzer Festspielen, bei denen einige Hupfdohlen auf der Seebühne standen und Songs von verstaubten Komponisten über den See hinaus trällerten. Na ja, sollte er eben mal mit seinem Wissen glänzen, das kam bei Paul ja nicht allzu oft vor.

Nachdem wir eine Zeit lang schweigend weitergefahren waren, fragte ich: „Ist es eigentlich noch weit bis nach Bregenz?"

Aber Uschi blieb stumm. Ich stupste sie kurz an und Uschi fiel zur Seite. Zunächst dachte ich, sie sei eingeschlafen, doch dann ging mir auf, dass mit der Frau irgendwas nicht stimmte.

Ich rief zu Paul: „Ich glaube, mit Uschi stimmt was nicht. Nimm du mal die Zügel in die Hand. Ich lege Uschi hinten auf dem Wagen!"

Gesagt, getan.

Als ich Uschi auf der Pritsche halbwegs vernünftig gelagert hatte, fühlte ich ihren Puls.

„Was ist los mit Uschi?", fragte Paul nervös.

„Keine Ahnung, Paul, ihr Puls ist kaum noch zu spüren und sie röchelt vor sich hin."

Uschi öffnete kurz die Augen und deutete schwach auf eine Tasche, die auf dem Kutschbock lag.

„Paul, schmeiß mir mal die kleine Tasche rüber, da muss irgendwas drin sein", sagte ich zu meinem Freund.

Und richtig, ich fand eine kleine Flasche mit Medizin, öffnete sie, hielt sie ans Uschis Mund und gab ihr davon zu trinken. Es dauerte nicht lange und Uschi öffnete wieder ihre Augen.

„Oh, Mann, ihr zwei habt mir wohl das Leben gerettet. Stellt euch mal vor, diese Ohnmacht wäre mir passiert, wenn ich allein unterwegs gewesen wäre. Dann hätte ich vielleicht ins Gras gebissen und meine geliebten Pferde wären jetzt Waisen gewesen. Danke, danke. Ihr seid die besten Freunde."

Ich wurde ganz verlegen. Ich hatte ja eigentlich nichts Besonderes gemacht, sondern nur aus der Not eine Tugend gemacht und ganz zufällig ein Leben gerettet.

„Ihr könnt euch wünschen, was ihr wollt. Ich erfülle euch jeden Wunsch", sagte Uschi jetzt.

„Nun, da gäbe es wirklich etwas, was du für uns tun könntest", sagte ich. Dann berichteten Paul und ich wieder einmal von unserer Reise und der Wette. Ich schloss die Erzählung mit dem Satz: „Und jetzt brauchen wir wieder einmal irgendwas, was uns weiterbringt, denn wir haben nur noch rund 30 Tage Zeit, um zu unserem Ziel zu gelangen!"

Uschi schaute uns mit großen Augen an. Sie schien das, was wir ihr erzählt hatten, wohl nicht so richtig zu glauben. Doch dann hatte sie eine Idee.

„Wartet einen Moment. Ich bringe euch nach Bregenz. Da gibt es eine Seilbahn. Würde mich wundern, wenn man euch da nicht weiterhelfen könnte ..."

Und so geschah es dann auch. Mit der Pfänderbahn fuhren wir auf den Hausberg der Stadt. So dachten wir zumindest ...

17

Schnurstracks ging es mit der Seilbahn den Berg hinaus. Wäre auf unserer Reise alles ganz normal verlaufen, so hätten wir von hier oben aus zu Fuß weiterlaufen oder die Seilbahn wieder talwärts besteigen müssen. Doch auf unserer Reise war ja eben nichts normal, deshalb wunderte es uns auch nicht, als uns oben auf dem Berg zwei junge Burschen in Empfang nahmen, die in komischen Fluggeräten steckten.

„Hallo, ihr müsst Zauermaus und Paul sein. Wir warten schon auf euch", begrüßten sie uns.

„Ich wusste gar nicht, dass wir hier oben eine Verabredung haben", gab ich unwirsch zurück. Diese Fluggeräte, in denen die jungen Männer hingen, sahen mir nicht gerade vertrauenserweckend aus.

Das sahen die Burschen Alois und Ferdl aber ganz anders. „Das sind Gleitschirme", erklärten sie uns. „Die sind sicher. Wir werden nun zusammen einen Tandemflug machen. Ihr müsst euch dabei gar nicht anstrengen, denn wir hängen euch einfach in diese Sitze hier ein." Alois und Ferdl, die sich wie ein Ei dem anderen glichen, zeigten gleichzeitig auf diese komischen Beutel vor sich.

„Da steige ich nie und nimmer ein", schrie Paul fast panisch. Und auch, wenn ich seine Panikausbrüche meist nicht verstehen konnte, in diesem Fall konnte ich ihm nur beipflichten. Da waren mir Drachen und Flugenten ja wirklich sicherer erschienen als diese komischen Dinger hier.

„Na gut, dann eben nicht", sagte Alois und Ferdl nickte zustimmend. „Dann müsst ihr eben zu Fuß weiter. Die Bahn hat soeben ihren Saisonbetrieb eingestellt. Pfüat di."

Die Jungs waren schon im Begriff, sich vom Acker zu machen, da rief ich ihnen zu: „Schon gut, okay, wir geben uns geschlagen." Denn die Aussicht, die nächsten Ziele zu Fuß erreichen zu müssen, war noch grauenhafter als die Vorstellung, in diese Fluggeräte einsteigen zu müssen. Paul und ich fügten uns also wieder einmal in unser Schicksal.

Noch bevor wir abhoben, hörte ich Paul beten: „Oh Vater in der Hölle, stehe mir bei diesem Höllenritt bei."

18

Der Flug in diesen Gleitschirmen war dann doch weniger spektakulär, als Paul und ich angenommen hatten. Nur die Landung war ein wenig hart, denn Paul und ich waren von Eis umgeben.

„Wir sind jetzt in der Schweiz", sagte darauf einer der Burschen.

Und der andere fügte hinzu: „Das ist der Rhonegletscher. Hier gibt es eine große Eishöhle. Sucht die auf, ihr kommt von dort aus weiter."

Da wir keine andere Wahl hatten und bald mutterseelenallein auf diesem ewigen Eis standen, machten Paul und ich uns auf die Suche nach der Eishöhle. Lange dauerte die allerdings nicht, denn ein großes Transparent machte auf diese Attraktion weithin aufmerksam.

„Ist schon komisch, dass hier kein Mensch weit und breit zu sehen ist, wenn das doch so ein Publikumsmagnet ist", sagte ich zu Paul, der mir sofort zustimmte.

„Mich würde es nicht sonderlich wundern, wenn es hier nicht mit rechten Dingen zuging", gab er zu bedenken.

„Also gut, Paul, wir sind ja keine Feiglinge. Wir suchen jetzt diese Eishöhle auf, dann werden wir schon sehen, was passiert."

Also zogen wir los. Dem Transparent entgegen und ab in die Eishöhle, deren Eingang sich direkt dahinter verbarg.

„Zaubermaus, bist du dir sicher, dass wir zwei dort hinein wollen? Wer weiß, was uns darin erwartet." Paul schaute mich zweifelnd an.

„Klar will ich da rein oder denkst du, ich hätte Angst ?", erwiderte ich.

„Nein, nein, Zaubermaus, so was würde ich nie von dir denken, aber lass uns bitte vorsichtig sein. Okay?"

Mutig setzten wir einen Fuß vor den anderen. In dieser blöden

Höhle war es wieder bitterkalt. Wie sehr ich das doch hasst! Außerdem führte nur ein breiter Gang tiefer und tiefer in die Höhle hinein, hin und wieder ging davon zwar mal ein Abzweig ab, der war aber jeweils so klein, dass selbst Paul und ich nie im Leben da hindurchgepasst hätten. So blieb uns nichts anderes übrig, als dass wir uns immer geradeaus hielten.

Wir liefen gefühlt Stunde um Stunde, ohne dass sich um uns herum überhaupt etwas veränderte. Eis links, Eis rechts, Eis über uns und Eis unter uns. Nichts als Eis. Das Ganze war hier ziemlich unwirtlich. Aber wir waren es ja gewohnt, immer wieder an Orte zu kommen, die ganz scheußlich waren.

Doch dann sahen wir etwas, das wir ganz sicherlich nie in einer Eishöhle vermutet hätte: ein Zelt! Als wir näher kamen, sahen wir uns bestätigt. Es stand in dieser Welt aus Eis mitten im Gang ein Zelt!

„Dann wird der Ausgang nicht mehr weit entfernt sein", mutmaßte Paul.

Ich war mir da nicht so ganz sicher, denn ich hatte gerade etwas entdeckt, was Paul bestimmt noch nicht gesehen hatte. Unweit von uns lagen Skelette. Menschliche Skelette. Insgesamt waren es zwei und wir konnten uns nicht erklären, was diese Toten und das Zelt wohl auf sich haben konnten.

Paul sagte: „Wir können die beiden doch nicht hier so liegen lassen, oder?"

Ich überlegte und antwortete ihm dann: Nun, Paul, das, was den beiden passiert ist, mag sehr schrecklich sein, aber wir können nichts mitnehmen und unser Weg durch diese verdammte Höhle ist schon anstrengend genug."

Doch Paul ließ nicht locker. „Dann werde ich sie allein tragen." Er öffnete seinen Rucksack und legte die Knochen ganz vorsichtig hinein. Anschließend sagte er grimmig: „Wir können weiter."

Wir liefen noch ungefähr eine halbe Stunde, bis wir – im wahrsten Sinne des Wortes – Licht am Ende des Tunnels sahen. Gott sein Dank, wir hatten es geschafft. Als wir nach draußen traten, atmeten wir beide erst einmal kräftig durch. In der Höhle war es nämlich, auch wenn wir uns das nicht wirklich eingestehen wollten, an manchen Stellen schon etwas unheimlich gewesen. Fast so, als hätten Hunderte Augenpaare uns beobachtet.

Als wir uns nun umsahen, entdeckten wir wieder einmal einen Berg, der zu erklimmen war. Immerhin war er schneefrei, was mich schon ein wenig beruhigte. Außerdem war ich froh, dass uns die beiden Burschen, mit denen wir den Gleitschirmflug unternommen hatten, jedem von uns eine vollständige Bergausrüstung in die Hand gedrückt hatte. Die konnten wir hier nämlich jetzt verdammt gut gebrauchen.

„Ich habe keine Ahnung, wer uns prüfen will", stöhnte Paul auf, dem anzusehen war, dass er überhaupt keinen Bock auf solche eine Bergtour hatte.

Doch blieb uns leider nichts anderes übrig, als hoch auf diesen Berg zu kraxeln, denn der einzig andere Weg, den wir hätten nehmen können, war der durch zurück die Eishöhle – und da kriegten mich keine zehn Pferde mehr rein. Letztendlich sah Paul das genauso und so stiegen wir Meter um Meter und einen Fuß vor den anderen mit einem juchzenden Jodler diesen gottverdammten Berg hoch.

Paul wurde dabei von einem ganz besonderen Ehrgeiz angetrieben, denn er hatte sich unterwegs überlegt, die Gebeine der Toten auf dem Berggipfel zu begraben.

19

Der Aufstieg gestaltete sich als recht schwierig, doch irgendwann war auch diese Tortur beendet. Vom Gipfel aus hatte man eine herrliche Sicht über das ganze Land. Paul und ich genossen eine kurze Auszeit, um uns von den Strapazen zu erholen.

Dann hatte Paul allerdings nur noch einen Gedanken, er wollte endlich die beiden Skelette begraben. Doch das war einfacher gesagt, als getan, denn hier oben auf dem Gipfel gab es ja nur Stein und Felsen. Also machten wir es, wie wir es einmal in einem Film gesehen hatten, suchten Steine, schichteten die Knochen auf und legten die Steine, einem Hünengrab gleich, oben auf.

Als das erledigt war, hatten wir Zeit, uns über unsere Situation Gedanken zu machen, denn wir mussten ja irgendwie weiter. Zunächst erkundeten Paul und ich die nähere Umgebung ... und wir hatten Glück. Denn wir waren noch gar nicht lange den nächsten Grat entlangspaziert, als wir, versteckt hinter großen Felsvorsprüngen, eine megamäßig lange Rutsche ins Tal hinunter entdeckten. Die war unsere Rettung!

„Wenn das mal nicht eine tolle Sache ist", freute ich mich schon auf eine Rutschpartie.

Doch das Leben hatte es auch dieses Mal nicht gut mit uns gemeint. Wir konnten zwar ewig lange rutschen und hatten unseren Spaß dabei, aber als wir endlich unter ankamen, hatte sich das Landschaftsbild vollkommen verändert. Wir waren hier weder in einmal Tal noch weiterhin in den Alpen, sondern ... so wie ich vermutete ... an einem der Pole angekommen.

Meine Vermutung wurde bestätigt, als plötzlich wie aus dem Nichts zwei Eisbären vor uns auftauchten – und die leben ja bekanntlich, außer vielleicht in Zoos – nur in der Arktis. Ich wollte weglaufen, doch meine Beine waren wie gelähmt und auch Paul schien sich nicht mehr richtig bewegen zu können. In diesem

Zustand waren wir leichte Beute für die gefräßigen Raubtiere vor uns.

„Wir halten zusammen bis zum bitteren Ende", rief Paul laut aus und ich merkte, dass er vor Angst zitterte.

Auch mir war nicht wohl zumute. Wir hatten schon so viel erlebt. Sollten wir jetzt wirklich als Appetithappen für zwei Eisbären dienen?

Die kamen immer näher und näher. Schließlich standen sie direkt vor Paul und mir. „Oh, oh das wird wohl schlecht für uns ausgehen", flüsterte Paul mir zu.

Und tatsächlich, die beiden Eisbären schnauften und fletschten ihre Zähne. Doch anders, als erwartet, verhielten sich die beiden nicht feindselig, sondern eher verhalten. Ihre Blicke zeigten uns: „Bis hier und nicht weiter!"

Paul sagte: leise: „Zaubermaus, am besten ganz, ganz still stehen bleiben und nicht bewegen."

„Ja, ja, ich weiß, Paul", gab ich zurück. „Sonst könnte es sein, dass sie uns noch als Zahnstocher benutzen."

Dann kamen die riesigen Eisbären noch näher an uns heran und beschnupperten uns von oben bis unten. Mir rutschte dabei das Herz in die Hose, doch Paul fing plötzlich an zu lachen. Einer der beiden Eisbären war ihm so nahe gekommen, dass dessen Haare in Pauls Nase gekitzelt hatten, sodass er nun nicht mehr an sich halten konnte.

Vorsicht war zwar Mutter der Porzellankiste, aber manchmal war Angriff auch die beste Verteidigung. So nahm ich all meinen Mut zusammen und hielt dem Eisbären, der direkt vor mir stand und dessen fischigen Atem ich riechen konnte, vorsichtig meine Hand unter die Nase, sodass er daran schnuppern und, so hoffte ich, wie Nachbars Hund daran lecken würde. Sollte der Eisbär so reagieren wie Fiffi, die Promenadenmischung des Nachbarn, dann wäre das Eis zwischen uns und den Eisbären gebrochen und wir könnten – vielleicht – so was wie Freundschaft schließen.

Zunächst passierte nichts und ich wurde unruhig.

„Die tun uns sicherlich nichts", meinte Paul.

Aber ich spürte, dass er sich da auch nicht so ganz sicher war und sagte. „Ich weiß, die wollen nur spielen und *haps,* weg sind wir!"

„Schau doch, der eine lässt sich sogar am Ohr kraulen und am Bauch auch. Und da, der legt sich sogar aufs Eis!" Paul war ganz begeistert.

„Mensch, Paul, das ist ein Eisbär und kein Schmusekätzchen. Wir sollten uns lieber Gedanken darüber machen, wie wir hier wegkommen!"

Dann schubste mich einer der beiden Eisbären freundschaftlich an, sodass ich hinfiel, mir aber nicht wehtat. Als ich am Boden lag, machte ich jedoch eine ungeheure Entdeckung: Unten am Bauch des Eisbären war so eine Art Reißverschluss. Ich konnte es kaum fassen – diese beiden Riesen hier vor uns waren gar keine echten Tiere, sondern gut gemachte Roboter-Eisbären. Ich berichtete Paul von meiner Entdeckung und der bestätigte mir sogleich das, was ich gesehen hatte.

Als ich die Hand nach dem Reißverschluss ausstreckte und ihn langsam öffnete, entdeckte ich eine Luke, die ins Innere des Roboters führte. Außer Lampen und Monitoren war jedoch nichts weiter zu sehen. „Der hier ist von innen mit lauter technischem Zeug ausgestattet", sagte ich.

Wir untersuchten auch den zweiten Eisbären, doch konnten an ihm nichts Auffälliges entdecken. Nach kurzer Überlegung beschlossen Paul und ich also, durch die Luke ins Innere des einen Bären zu klettern. Vielleicht war das Ding ja eine Art Raumfahrzeug, mit dem wir abheben und an unser nächstes Ziel gelangen konnten.

Doch wohin sollten wir nun noch reisen? Wir hatten ja in den letzten Wochen so einige Länder aufgesucht, dazu ganze Kontinente bereist und mir fiel auf Anhieb gar kein Land mehr ein, das wir unbedingt noch bereisen sollten.

Als wir uns gerade im Inneren des Eisbären eingerichtet hatte, rief Paul plötzlich: „Russland! Zaubermaus, wir waren noch gar nicht in Russland!"

Da hatte mein Freund natürlich recht. Russland war eines der größten Länder der Erde und auch wenn wir wussten, dass ein ziemlich blöder Mann das Land regierte, konnten wir das ehemalige Zarenreich natürlich nicht von unserer Liste streichen.

Außerdem hatte sich eine Art Düsenantrieb angestellt, und zwar ganz genau in dem Moment, als Paul das Wort *Russland* gerufen hatte. So hoben wir in unserer Eisbären-Rakete ab, ohne zu wissen, wo sie landen würde.

20

Der Raketenflug dauerte nicht lange. Da wir das Teil selbst nicht steuern konnten, sondern irgendwie fremd gesteuert wurden, hatten wir natürlich auch keinen Einfluss darauf, wo wir landeten. Als wir sicher sein konnten, festen Stand unter der Rakete zu haben, öffneten wir die Luke und stiegen aus. Der Platz, auf dem die Rakete gelandet war, kam mir seltsam bekannt vor. Irgendwo hatte ich den schon mal gesehen, obwohl ich noch nie in Russland gewesen war.

Dann fiel es mir ein. Genau hier war im letzten Jahrhundert ein junger Privatpilot gelandet und hatte weltweit für Schlagzeilen gesorgt, weil er mit einem kleinen Flugzeug in den Luftraum der damaligen UdSSR eingedrungen und schließlich auf der Große Moskwa-Brücke in der Nähe des Roten Platzes in Moskau gelandet war. Was für ein merkwürdiger Zufall, dass Paul und ich ausgerechnet hier runtergekommen waren.

Natürlich hatte auch unsere Landung für Aufsehen gesorgt und so waren Paul und ich darauf aus, diesen Ort schnell und ohne weiteres Getue zu verlassen. Wir hatten schließlich keine Lust, in irgendwelchen russischen Gefängnissen zu verbringen oder gar nach Sibirien verfrachtet zu werden. Wir liefen los, so unauffällig wie möglich, als wir plötzlich ein komisches Geräusch direkt hinter uns hörten.

Paul rief: „Komm, Zaubermaus, lass uns hier hinter dem Busch ein Versteck suchen! Ich möchte nicht schon wieder Ärger."

Da waren wir mal einer Meinung ... doch es war zu spät. Das Vehikel, das dieses Geräusch verursacht hatte ... war ein Panzer. Und der kam, wie sollte es auch anders sein, direkt vor dem Busch zu stehen, in dem Paul und ich Zuflucht gesucht hatten. Dann hörten wir ein lautes Klacken und oben öffnete sich die Panzerluke.

Wenig später schaute dort oben ein alter Mann mit weißem Bart heraus und rief: „He, he, ihr zwei hinter dem Busch, ihr könnt hervorkommen, ich hab euch schon lange von Weitem gesehen! Ich tue euch nichts."

Paul und ich wussten, dass es keinen Sinn machte, sich weiter zu verbergen, deshalb kamen wir aus unserem Versteck.

„Ihr zwei seid doch Zaubermaus und Paul, richtig?", fragte der Alte. „Mein Name ist Ost. Man nennt mich so, weil ich aus dem tiefsten Osten Russlands komm, wo sich kaum einer hin traut. Aber nun steht da unten nicht so dumm herum, kommt rauf zu mir, ich nehm euch ein Stück mit. Ich weiß doch, dass ihr kaum mehr als zehn Tage Zeit habt, um euer Ziel zu erreichen."

Paul und ich kamen aus dem Staunen nicht heraus. Woher wusste der alte Mann nur schon wieder so viel über uns? Schließlich kletterten wir behände auf den alten Panzer.

Nachdem der Mann die Luke geschlossen hatte, nahm das alte Dinge Fahrt auf. Nicht, dass wir wirklich schnell von der Stelle kamen, aber immerhin bewegten wir uns fort. Zudem waren wir hier vor der staatlichen Gewalt des russischen Staates geschützt, so hofften wir jedenfalls.

Als ob der Alte unsere Gedanken gelesen hätte, sagte er plötzlich: „Macht euch keine Gedanken. Unseren Panzer kann, außer uns dreien, keiner sehen. Wir reisen quasi unsichtbar durch das Land. Es wird euch also niemand zur Rechenschaft ziehen, weil ihr auf dieser Brücke mit einem Eisbären gelandet seid." Dann brach er in schallendes Gelächter aus. „Das muss man sich mal vorstellen", sprach er unter Tränen vor lauter Lachen, „da landen diese beiden hier in einer Eisbärenrakete einfach mal so in einem Land, das zu einem der best geschützten der Welt gehört. Was es nicht alles gibt!"

Anschließend holte er aus einer Schublade eine Flasche mit der Aufschrift *Wodka* raus, nahm drei große Becher zur Hand und goss ein. „Bei uns hier gibt es ein Sprichwort, das heißt: trinken ohne Trinkspruch ist Sauferei. Und besaufen wollen wir uns ja nicht. Deshalb, meine lieben Freunde, sa Sdorówje, zum Wohl!"

Wir redeten während der vielen Stunden, die wir zu dritt im Panzer unterwegs waren, über viele Dinge. Über Krieg und Frieden, über den großen russischen Dichter Dostojewski, den großen Umbruch in der Sowjetunion Ende der 80er-Jahre des letzten Jahrhunderts, aber auch über das alte Zarenreich. Unser Wegbegleiter war ein sehr gebildeter Mann, deshalb machte es uns Spaß, tiefgründige Gespräche mit ihm zu führen. Viel zu selten hatten Paul und ich Gelegenheit zu solchen Auseinandersetzungen. Bei vielen Leuten, die wir bislang getroffen hatten, was alles irgendwie immer Hauruck gewesen, manchmal auch begleitet durch körperliche Gewalt. Bei dem Alten hier war das anders. Er schien uns eine Art Philosoph zu sein.

Deshalb wunderten wir uns auch nicht, als Ost uns bis nach Naukan brachte, einem Ort in der Nähe des östlichen Punkts Asiens. „An diesem Ort lebt meine Familie, wir sind Eskimos", sagte er. „Allerdings ist unsere gemeinsame Reise hier zu Ende."

Paul und ich bedauerten das sehr, denn wir hatten Ost ins Herz geschlossen und nahmen uns fest vor, ihn eines Tages wieder einmal zu besuchen.

Ost brachte uns schließlich noch zu einem kleinen Bootsanleger und entließ uns in die Hände eines alten Seebären, der sich als Osts Cousin vorstellte. Mit ihm würden wir am nächsten Tag die Beringstraße befahren, um nach Alaska zu kommen.

21

Alaska – weites, weißes Land, wohin das Auge auch nur blickte. Sicherlich schön für jemanden, der Eis und Schnee und bittere Kälte mochte, doch Paul und ich hatten davon die Nase voll. Nachdem uns Osts Cousin abgesetzt hatte, mussten wir jedoch nicht mehr lange auf unsere Weiterfahrt warte. Das konnte man ja mal eine gut Organisation nennen!

Ein Auto hielt vor uns, so eine richtig dicke Karre, und der Fahrer öffnete die Tür. „Einsteigen“, befahl er, „aber husch husch!“

Das taten wir auch, doch gerade, als wir es uns auf dem Rücksitz bequem machen wollten, drehte sich der Fahrer zu uns um. Mir fiel die Kinnlade runter, als ich sah, wer das war ... und Paul ging es nicht anders, denn er fing an, zu stottern: „Herrjeee...“

Mit einem breiten Grinsen und gekleidet in einen schicken Zwirn sah uns kein Geringerer als Gizmo an, der Typ aus der Kneipe in London, mit dem wir die Wette abgeschlossen hatten.

„Na, ihr zwei Versager, viel Zeit bleibt euch ja nicht mehr, um die Wette zu gewinnen“, sagte er hämisch.

Ich war perplex und wie vor den Kopf geschlagen. Was machte der denn hier? „Noch haben wir neun Tage, die werden wir nutzen, um pünktlich in der Kneipe zu sein, darauf kannst du einen lassen.“

Gizmo schaute mir tief in die Augen, setzte seine Sonnenbrille auf und sagten in einem sehr überheblichen Ton: „Klar doch, ihr schafft das locker. Na dann, noch viel Spaß, ihr zwei Trottel!“ Er drehte sich wieder nach vorne. „Ach, und bevor ich es vergesse: Raus aus meinem Auto. Oder denkt ihr vielleicht, ich nehme euch mit?!“

Wir stiegen aus, die Autotüren schloss sich automatisch und Gizmo fuhr in Windeseile davon. Da standen nun in einer dicken Staubwolke und waren irgendwie leicht geschockt.

„Was ist denn da gerade passiert? Ich könnte kotzen und dem Typen eins aufs Maul geben.“ Paul kochte innerlich.

Doch ich sagte nur: „Mit Rachegedanken kommen wir jetzt nicht weiter. Am besten laufen wir erst ein mal Stückchen, um unseren Kopf klar zu bekommen.“

„Wie jetzt? Laufen?“, fragte Paul.

„Siehst du irgendwas, was fahren könnte?“, gab ich zurück.

Also machten wir uns zu Fuß auf dem Weg. Bald kamen wir an Bahnschienen, doch der letzte Zug war hier sicherlich schon vor Jahrzehnten gefahren. Alles war mit Gras überwuchert.

„Wir laufen die Schienen entlang“, gab ich dennoch vor.

„Warum?“, fragte Paul.

„Weil Schienen immer zu einem Ziel führen. Oder hast du eine bessere Idee?“

22

Also folgten wir schweigsam den Schienen, denn viel zu erzählen hatten Paul und ich uns gerade nicht. Wie denn auch? Wir hingen seit mehr als 90 Tagen aufeinander, Tag und Nacht – so viel Zeit hatten wir noch nie an einem Stück zusammen verbracht. Und ehrlich – langsam ging er mir wirklich ein wenig auf den Sack. Wir waren zwar Freunde, doch wenn man 24 Stunden rund um die Uhr zusammenhing, das taten ja normalerweise nicht mal Eheleute, dann war das schon eine Belastung. Aber egal, das Ende unserer Reise war in Sicht und dann würde ich wirklich erst mal eine Pause machen.

Ich hatte sogar schon darüber nachgedacht, mich endgültig zur Ruhe zu setzen. Die letzten Jahre waren doch sehr anstrengend gewesen, da hatte ich mir doch ein wenig Muße eigentlich mal verdient. Sollten doch der Katzengott und der Höllenfürst und all die anderen Gestalten in Himmel und Hölle sehen, wie sie klarkamen. Das war ja auch vor meinem irdischen Ableben gegangen. Ich jedenfalls hatte die Schnauze voll von windigen Typen, dämlichen Wetten, gefährlichen Abenteuern. So wanderte ich Stunde um Stunde vor mich hin, in Gedanken versunken. Und Gott sei Dank hielt auch Paul seine Klappe.

Irgendwann kamen wir, so wir ich es schon zu Beginn unserer Wanderschaft vermutet hatte, an einem verwaisten Bahnhof an. Überall wuchsen Schlingpflanzen, die im Laufe der Jahre den gesamten Bahnhof eingehüllt hatten, man konnte den tatsächlich nur noch an seinem Schild erkennen, dessen Schrift bereits ziemlich verwittert war: *Kitsault.*

„Vor der Stadt habe ich noch nie gehört", sagte ich zu Paul.

„Aber wir sind hier in Kanada." Paul zeigte auf die zerfetzte Flagge, die am Boden lag.

„Na, das ist ja mal was. Schau, dort drüben, die Häuser. Der

Bahnhof mag zwar nicht mehr in Betrieb sein, aber in dem Dorf wird ja wohl jemand wohnen. Lass uns dorthingehen, dann sehen wir weiter", sagte ich.

Der Ort sah wirklich gepflegt aus. Überall war der Rasen gemäht, nirgendwo lag Unrat herum. Das ließ ich mir gefallen. Der Einkaufsladen allerdings schien geschlossen zu haben. Es standen zwar die Einkaufswagen in Reih und Glied draußen vor der Tür, aber weit und breit war kein Kunde zu sehen und die Eingangstür war auch nicht geöffnet.

„Vielleicht ist heute Sonntag und die Läden haben zu", überlegte Paul laut.

„Da könntest du recht haben", antwortete ich, denn er und ich hatten längst aufgehört, die Wochentage nachzuhalten, für uns zählte nur noch der Countdown bis zu Tag 100.

Wir steuerten auf ein Gebäude zu, das als Bibliothek gekennzeichnet war. Als wir durch die Fenster schauten, sahen wir die Bücher fein säuberlich in Reih und Glied stehen.

„Aber auch hier ist niemand zu sehen!", stöhnte Paul.

„Wenn Sonntag ist, sind die Leute vielleicht alle in der Kirche", sagte ich. Womöglich wohnten in diesem Ort nur ganz gläubige Menschen. Doch als wir die Kirche durch den Haupteingang betraten, offenbarte sich uns das gleiche Bild wie an allen anderen Stellen, die wir bislang aufgesucht hatte. Es war keine Menschenseele zu sehen. Langsam kam mir das alles hier doch sehr merkwürdig vor.

Wir schlenderten weiter durch die Straßen und Gassen, doch weder Mann noch Frau noch Kind, ja, nicht mal Hund oder Katze ließen sich blicken.

„Das ist bestimmt eine Geisterstadt", brummte ich vor mich hin.

„Du meinst eine miii...ittt Gespennn...stern?" Paul fing schon bei dem Gedanken daran an zu bibbern.

„Machst du dir schon wieder in die Buchse?", fauchte ich ihn an. „Geisterstadt heißt doch nur, dass hier keiner mehr lebt", klärte ich ihn auf.

Doch ich konnte Paul auch mit dieser Aussage nicht beruhigen. „Du meinst doch nicht etwa, dass die alle hier an so 'nem Fleckenfieber oder so was verreckt sind? Dann will ich auf der Stelle hier weg!"

In diesem Moment sahen wir ein Haus, aus dessen Kamin Rauch aufstieg.

„Wo ein Kamin qualmt, da lebt auch einer", beachtete ich Pauls Bedenken nicht weiter und ging direkt auf das Haus zu, eine große Blockhütte.

Plötzlich rief eine Stimme: „Halt, nicht weiter! Oder ich schieße."

„Ziehen Sie mal Ihre Schrauben nach!", rief Paul unfreundlich. „Wir haben Ihnen doch nichts getan.

„Auch noch frech werden!", antwortete die Stimme. „Verschwindet von meinem Grundstück, sonst setzt es eine Ladung Kugeln!"

Ich wollte nicht, dass die Sache noch weiter eskalierte, deshalb rief ich schnell: „Wir sind nur einfache Reisende und haben uns verirrt. Bitte helfen Sie uns, wir wissen nicht, wie wir von hier wegkommen sollen."

Nach kurzer Zeit öffnete sich die Tür des Blockhauses und ein Mann mittlerer Alters trat aus der Tür. Er sah uns kritisch von oben bis unten an, dann sagte er: „Gut, dann kommt mal rein." Wir folgten ihm ins Haus, das sehr gemütlich eingerichtet war.

„Meine Frau hat gerade das Abendessen gerichtet, wenn ihr hungrig seid, würden wir uns freuen, wenn ihr unsere Gäste seid."

Die Einladung nahmen Paul und ich gerne an. Wir hatten den ganzen Tag über nichts Ordentliches auf die Gabel bekommen, sodass wir hungrig wie die Bären waren.

Das Essen schmeckte vorzüglich und Will und seine Frau Kate waren nette Gastgeber. Nach dem Essen setzten wir uns bei einem Glas Whiskey vor den Kamin und plauderten. Dabei erfuhren wir, dass Kitsault tatsächlich eine Geisterstadt war, aber eine, die, außer dem Bahnhof, weil er außerhalb der Stadtmauern lag und der Eisenbahngesellschaft gehörte, nicht dem Verfall preisgegeben worden war. Eine kanadische Minengesellschaft hatte die Stadt einst für ihre Arbeiter gebaut. Als das Mineral aber auf dem Weltmarkt keinen Pfifferling mehr wert war, war die Mine geschlossen worden und die Arbeiter hatten allesamt ihre gerade erst gebauten Häuser verlassen, um woanders Arbeit zu suchen. Will und seine Frau waren Angestellte des heutigen Besitzers dieser Stadt und sorgten seit vielen Jahren dafür, dass hier alles ordentlich blieb. Eine sehr löbliche Aufgabe, wie ich fand.

Der Abend gestaltete sich sehr nett und als wir nach Stunden endlich ins Bett fanden, hatten wir auch schon eine Lösung erarbeitet, wie wir am nächsten Tag unsere Reise fortsetzen konnten.

23

Am nächsten Morgen verabschiedeten wir uns von Will und Kate. Die beiden hatten uns ihre Mountainbikes zur Verfügung gestellt, die wir hier in der Wildnis Kanadas auch tatsächlich gut gebrauchen konnten. Natürlich waren das keine ganz normalen Fahrräder, sondern solche mit der Möglichkeit, sie auf Superturbo umstellen zu können. Sonst hätten wir wohl Wochen, wenn nicht sogar Monate gebraucht, um dieses riesige Land zu durchqueren. So lange aber hatten wir keine Zeit mehr, denn in genau acht Tagen mussten wir zurück in dem Pub in London sein, da würde dieser Gizmo auf uns warten.

Da wir nun auch alle großen Länder dieser Welt von Nord nach Süd, von West nach Ost, von oben nach unten und von links nach rechts bereist hatten, war es uns eigentlich egal, wohin wir als Nächstes fahren ... ähh ... radeln würden. Und da es uns nicht verboten war, ein Land auch zweimal zu besuchen, beschlossen Paul und ich, nach Nordamerika zu reisen, um von dort schließlich zurück nach Europa zu schippern, zu fliegen oder zu fahren, denn noch wussten wir ja nicht, welche Möglichkeiten sich uns in den nächsten Tagen bieten würden.

Nun aber strampelten Paul und ich uns erst einmal die Waden glühend. Was für eine Schinderei! Menschen begegneten wir in den nächsten Stunden nicht, einmal sahen wir einen Wolf, dann einen Grizzly. Da beide aber offensichtlich mit gefüllten Mägen unterwegs waren, interessierten sie sich nicht für uns.

Am Ende des ersten Tages unseres Fahrradausflugs kamen wir in eine Ortschaft, in der es keine Häuser, dafür aber jede Menge Tipis gab. Ob wir noch in Kanada oder schon in den USA waren, wussten Paul und ich allerdings nicht. Eigentlich war es uns an diesem Abend auch egal, wir wollten nur einen Schlafplatz und etwas zu essen.

Also hielten wir mit unseren Superpowerrädern vor einem Tipi an, aus dem gerade eine ältere Dame trat. Gleich hinter ihr kam ein jüngerer, braun gebrannter Mann heraus.

Das waren, wie man auf den ersten Blick erkennen konnte, First Nations People – Indianer, aber das Wort durfte man heute ja nicht mehr sagen, wollte man nicht Gefahr laufen, gleich skalpiert zu werden.

Der Mann trat, ohne ein Wort zu sagen, auf uns zu, hielt uns zwei Stricke entgegen und zeigte auf zwei große Marterpfähle, die in der Nähe seines Tipis standen. Paul trat gleich der Schweiß auf die Stirn und auch mir wurden die Knie weich. Hatten wir Tausende von Kilometern abgespult, um jetzt an einem Marterpfahl zu enden?

In diesem Moment brachen der Mann und die ältere Frau in schallendes Gelächter aus. Sie lachten so doll, dass sie sich die Bäuche halten mussten. „Hahaha", sagte der Mann jetzt, „ich kann es nicht glauben ... hahahaha ... ihr habt jetzt nicht wirklich gedacht, dass ich euch an den Marterpfahl binde ... hahaha. Ach, ihr Touristen seid wirklich zu süß. Habt wohl auch zu viel Karl May und Winnetou gelesen, was." Er bekam sich kaum mehr ein.

„So ein Spinner", dachte ich bei mir und sagte laut: „Na, wie hätten Sie denn in solch einem Fall reagiert? Woher sollen wir wissen, ob Sie zu den Guten oder den Bösen gehören."

Mein Gegenüber nickte. „Zu den Guten. Das kann ich euch versichern. Das hier ist ein Showdorf, in dem oft Wild West-Filme gedreht werden." Jetzt grinste er von einem Ohr zum anderen. „Trotzdem, ich bin Häuptling Qualmende Socke und heiße euch bei uns willkommen."

Der Typ war ja ein echter Scherzkeks. Häuptling Qualmende Socke! Klar doch. Und ich war Häuptline Dumpfbacke.

„Nein, im Ernst. Ich heiße Antinanco, das heißt übersetzt Adler der Sonne. Aber weil das so wenig in eure Klischees passt, versuchte ich es immer erst mit Häuptling Qualmende Socke." Antinanco reichte erst Paul, dann mir die Hand. „Häuptling oder auch Stammesführer bin ich allerdings tatsächlich. Nur wohnen meine Mutter Algoma, das heißt Tal der Blumen, natürlich nicht in diesen Tipis. Wir waren heute nur hier, um nach dem Rechten zu sehen. Nächste Wochen beginnen Dreharbeiten mit einem ganz bekannten Schauspieler. Und da muss natürlich alles in Ordnung sein."

„Und wo wohnt ihr wirklich?" Paul war neugierig geworden.

„Oh, in einem Neubaubungalow zehn Meilen die Straße rauf. Wenn ihr wollt, zeige ich ihn euch. Hinterm Tipi steht mein Jeep."

Na ja, offen gestanden war ich ein wenig enttäuscht, als ich das Haus von Antinanco und seiner Familie sah. Das Ganze hatte so gar nichts mit Wild West-Romantik zu tun, wie ich mir das mit Indianern immer so vorgestellt hatte. Und ein Jeep war auch kein Indianderpferd, obwohl das schon eine ziemlich geile Karre war.

Wir aßen und tranken mit seine Familie, erzählten zum x-ten mal unsere Geschichte und hatten dann doch noch das Glück, an einem echten Ritual der Ureinwohner Amerikas teilnehmen zu können, denn nach dem Essen gingen wir alle nach draußen, setzten uns um ein Lagerfeuer und rauchten eine Pfeife.

„Das ist die alte Friedenspfeife von Sitting Bull", berichtete Antinanco. „Er war Stammeshäuptling und Medizinmann der Hunkpapa-Lakota-Sioux, widersetzte sich viel Jahre lang den Eindringlingen, die unser Land raubten. Und er war mein Ururexcellenturgroßvater. Na ja, vielleicht war da sogar noch ein *Ur* mehr, so genau weiß ich das nicht. Jedenfalls stammen wir alle hier von ihm ab, sein Blut fließt in unseren Adern."

Das war beeindruckend und ich sah Paul an, dass er drauf und dran war, den Leuten hier seine Familiengeschichte zu erzählen. Also trat ich ihm auf den Fuß. Es kam hier sicherlich nicht so gut an, wenn er jetzt von seinem Vater, dem Höllenfürsten, erzählte. Paul verstand ... und schwieg.

Die Nacht war viel zu kurz, stellten Paul und ich fest, als wir am nächsten Morgen müde erwachten. Doch wir mussten weiter, egal, wie es uns ging. Antinanco hatte uns am Abend noch von einer alten Cessna erzählt, die einem Freund gehöre. Der würde uns heute – mit einem kurzen Zwischenstopp in Neufundland, weil er dort etwas zu erledigen hatte – nach Europa fliegen. Mit einer einmotorigen Cessna solch einen waghalsigen Flug zu unternehmen, sei zwar eine abenteuerliche Sache, sein Freund aber ein mordsmäßig guter Pilot, gab uns der Häuptling noch mit auf den Weg.

24

Tag sieben – also von hinten gerechnet – war also angebrochen, als wir früh am Morgen die Cessna bestiegen und Richtung Neufundland flogen. Was Antinancos Freund Peter dort wollte, verriet er uns auch sogleich. Er hatte sich aus einem Hundewurf einen Neufundländerrüden reservieren lassen. Das Tier wollte er gerne persönlich abholen. Und weil er Antinanco noch einen Gefallen schuldete und er immer für einen Spaß zu haben war, würde er uns gleich danach nach Europa fliegen. Vielleicht sogar direkt nach London.

Der kleine flauschige Kerl, den wir in St. John's, der Inselhauptstadt Neufundlands, das, wie wir erst jetzt erfuhren, gar kein eigenständiges Land, sondern nur eine Insel war und zu Kanada gehörte, war herzallerliebst. Paul und ich schlossen gleich Freundschaft mit ihm – quasi von Tier zu Tier – und Peter war so freundlich, uns beiden zu gestatten, einen passenden Namen für den kleinen Hundewelpen auszusuchen.

Zuerst stritten Paul und ich ein wenig hin und her, das taten wir bei solchen Sachen ja eigentlich immer, doch dann einigten wir uns ziemlich schnell auf Bobbi. Und als auch Peter dieser Name gut gefiel, hieß der Hund ab sofort Bobbi. Der hatte nichts nach der Taufe nichts Besseres zu tun, als an Paul hochzuspringen und ihm einmal quer übers Gesicht zu lecken.

Paul rief nur: „Igitt, igitt! Aus! Platz! Sitz!“

Als würde der Hund jedes dieser Kommandos kennen, setzte sich Bobbi dann auch brav hin und schaute Paul mit großen Augen an.

Peter sagte: „So einen lebhaften Hund hab ich bisher noch nie gehabt. Und, Paul, er scheint ja einen Narren an dir gefressen zu haben. Erkläre ihm aber mal, dass ich sein Herrchen bin und nicht du.“

Der Flug von Neufundland rüber nach Europa gestaltete sich dann nicht ganz so schön, wie Paul und ich es uns erhofft hatten. Es gab schlechte Sicht, mächtige Turbulenzen und einmal hatten wir ich sogar das Gefühl, dass wir gleich abstürzen und im tiefen Atlantik ersaufen würden. Das sei, so erklärte uns Peter dann aber, nur ein Luftloch gewesen, in das wir mit unserer Maschine gefallen waren.

„Nichts Beängstigendes“, sagte er.

Da hatte ich allerdings ein ganz anderes Gefühl gehabt, als sich mein Magen von links nach rechts gedreht und mir das leckere Mittagessen, das wir in Neufundland noch zu uns genommen hatten, aus dem Gesicht gefallen war. Auch Paul hatte sich die Seele aus dem Leib gekotzt. Nur Peter und Bobbi hatten diese Luftturbulenz so überstanden, als wenn sie den ganzen Tag nichts anderes taten, als am Himmel in Luftlöcher zu fallen.

Der weitere Flug verlief ohne Zwischenfälle und schon bald sahen wir einen Küstenstreifen am Horizont. Ob das schon England war? Dann würden wir unser Ziel London sogar fast eine Woche früher erreichen.

Doch wenn man schon glaubte, alles gut hinter sich gebracht zu haben, dann gab es meist noch das ein oder andere kleine Hindernis, das sich einem in den Weg stellte. Und das war natürlich auch in diesem Fall so.

„Oh Mist“, schrie der sonst so gelassene Peter plötzlich aufgeregt. „Wir haben nicht mehr genug Sprit im Tank.“

„Und was machen wir nun?“, fragte Paul genau in dem Moment, als sich der Motor unser Cessna ausschaltete.

„Jetzt?“, sagte Peter. „Jetzt werden wir so lange segeln mit unserem Flugzeug hier, wie es geht. Und dann notwassern wir. Keine Angst, ich habe das schon mal auf einem großen See machen müssen. Wird schon schiefgehen.“

Notwassern? Das hörte sich in meinen Ohren alles andere als gut an. Gleich kamen mit Bilder von Robinson Crusoe in den Sinn, der als Schiffbrüchiger, und was anderes waren wir nach einem Notwassern ja auch nicht, 28 Jahre lang auf einer einsamen Insel leben musste. Wobei *einsam* vielleicht nicht das richtige Wort war, denn immerhin hatte es auf Crusoes Insel ja hin und wieder einmal Besuch von Kannibalen gegeben. Ich sah mich und Paul und Peter und Bobbi schon in einem großen Suppentopf über einem Feuer sitzen, um uns herum hungrige Menschenfresser, als unser Flugzeug hart aufs Wasser aufschlug.

Doch dann passierte erst einmal ... nichts. Das Flugzeug brach weder auseinander, was ich vermutet hatte, noch ging es mir nichts, dir nichts unter.

„Ja, wo ist es denn ... es muss doch irgendwo hier sein ...“, hörten wir plötzlich Peter sagen. Er hatte sein Cockpit verlassen und war zu uns in den hinteren Teil der Maschine geklettert, wo er offensichtlich unter den Sitzen etwas suchte.

„Ah, hier ist es ja!“, rief er kurz darauf erfreut aus. „Unser Schlauchi.“

„Schlauchi?“, fragte ich und stand vollkommen auf dem Schlauch.

„Ja, Schlauchi. Unser Rettungsboot. Ich öffne jetzt die Tür vom Cockpit, die liegt über Wasser. Dann klettere ich ins Freie, nehme Schlauchi mit. Das Boot bläst sich auf, wenn ich hier an dem Stöpsel ziehe“, er zeigte mit dem Finger auf eine kleine Lasche, „dann könnt ihr nachkommen. Verstanden?“

Verstanden hatte ich noch nicht alles, aber ich wusste, was Paul und ich und auch Bobbi tun sollten. Wir hörten das Aufklatschen des Rettungsbootes auf dem Wasser, hörten, wie es sich mit Luft füllte und schließlich Peters Befehl: „Hier ist alles klar, also raus mit euch.“

Paul verließ als Erster von uns dreien das Flugzeug, Bobbi sprang gleich darauf hinterher. Er verfehlte aber, so wie ich sah, das Boot und landete im Wasser. Das machte ihm als Neufundländer allerdings gar nichts aus, denn Hunde seiner Rasse liebten das Schwimmen. Ärgerlich war später nur, dass der Hund später pludernass zwischen uns saß, sich immer wieder schüttelte, alles nass machte ... und eben auch wie ein nasser Hund roch.

Ich ging als Letzter von Bord ... also stieg als Letzter aus der

Cessna aus. Das taten Kapitäne ja wohl so … und irgendwie fühlte ich mich zwar nicht wie ein Kapitän, aber immerhin verantwortlich für meine Mitreisenden.

„Mein schönes Flugzeug“, jammerte Peter. „Lebe wohl.“

Dann ruderten wir los.

25

Nur noch wenige Tagen, dann mussten wir in London sein. Doch wie es aussah, würden wir das nie im Leben schaffen. Paul, Peter, Bobi und ich waren abgestürzt, saßen in einem Ruderboot und weit und breit war keine Hilfe in Sicht. Nicht mal irgendwelche magischen Kräfte entfalteten sich. Darauf hatte ich die ganze Zeit gehofft, doch nichts war passiert.

Inzwischen war der Mond wohl schon dreimal auf- und dann auch wieder untergegangen, das hieß, wir vier saßen seit vier Tagen auf diesem dämlichen Schlauchboot, ruderten uns abwechselnd die Hände blutige und hatten kaum mehr Hoffnung.

„Was für eine verschwendete Zeit“, dachte ich gerade, als Paul rief: „Ich sehe Bäume. Grüne Bäume!“

„Sicherlich hat er Halluzinationen“, schoss es mir durch den Kopf, „sicherlich ist das eine Fata Morgana.“ Doch dann sah ich sie auch, die grünen Bäume. Unser Boot näherte sich tatsächlich der Küste, den Strand und im Hintergrund ein paar Bäume konnte ich bereits gut erkennen. „Männer, haut in die Ruder“, rief ich und wir alle gaben unser Letztes, um an Land zu kommen.

„Gepriesen seist du, Vater“, rief Paul, als er wieder festen Boden unter den Füßen spürte.

„Ja, dem Herrn sei Dank“, sagte Peter.

Dass Paul mit *Vater* jemand ganz anderen gemeint hatte, als den lieben Herrgott, das verrieten wir ihm allerdings nicht.

„Ist das England hier“, wollte ich wissen. Noch hatten wir ja eine kleine Chance, unsere Wette zu gewinnen.

„Nein, ich denke nicht, dass das hier die Insel der Schwimmfüße, also der Engländer ist. Beim Verlassen des Flugzeugs habe ich noch mal einen Blick auf das Navigationssystem werfen können, bevor der Strom ausging. Und wenn ich das alles so recht kombiniere, dann müssten wir irgendwo in Skandinavien gestrandet sein. In welchem Land, das weiß ich allerdings nicht", sagte Peter. „Ich weiß nur, dass auf dem Navi noch Island zu sehen war. Wahrscheinlich sind wir unbemerkt einen kleinen Umweg geflogen, deswegen hat auch der Sprit nicht gereicht."

Island, da war ich mir sicher, denn ich hatte schon mal Bilder dieser Insel gesehen, war das, wo wir jetzt gestrandet waren, aber eher nicht. Wenn wir wirklich in Skandinavien waren, dann wohl eher in Norwegen. Das war zwar nicht unser Ziel, aber immerhin schon nicht mehr ganz so weit weg von London. Drei Tage, das würden wir locker schaffen. Immerhin waren wir wieder in der Zivilisation angelangt und hier gab es moderne Fortbewegungsmittel. Dachten wir ...

26

Wie sich bald herausstellte, waren wir in einem kleinen Ort namens Brønnøysund in Nordland in Nord-Norwegen gestrandet. Die Menschen lebten hier sehr einfach, waren freundlich und griffen uns unter die Arme, wo sie nur konnten. Von Peter und Bobbi mussten wir uns alsbald verabschieden. Sie hatten auf einem Fischkutter anheuern können, der Richtung Alaska unterwegs war. Uns fiel es schwer, ade zu sagen. Vier Tage auf dem offenen Meer zusammen in einer kleinen Nussschale, das schweißte zusammen. Half aber alles nichts, das Leben ging weiter und wir mussten alle unseren eigenen Zielen entgegenstreben.

Peter und Bobbi waren weg, doch Paul und ich wussten noch nicht, wie es für uns weitergehen sollte. Zwar hatte der kleine Ort einen Bahnhof und sogar einen kleinen Flughafen, doch es fuhren weder Züge, noch flogen Flugzeuge. Im ganzen Land hatte nämlich die Gewerkschaft *Transport und Verkehr* einen Generalstreik ausgerufen. Und das gleich für acht Tage. Der ganze öffentliche Nahverkehr war stillgelegt, das hieß, für Paul und mich gab es keine Weiterkommen.

Wir versuchten, ein Taxiunternehmen aufzutreiben, aber die Fahrer waren alle wegen des Streiks so ausgelastet, dass sie uns freundlich, aber bestimmt eine Abfuhr erteilten. Was sollten wir nur tun? Die Schiffe, die im Hafen anlegten, hatten keine Ziele südlich der Stadt, ein Autor kaufen konnten wir nicht, da uns das nötige Kleingeld fehlte.

„Wir laufen wieder zu Fuß“, schlug ich vor.

„Bestimmt ... NICHT!“, sagte Paul. „Meine Füße sind von all dem Latschen schon so gewachsen, dass ich im Laufe unserer Reise die Schuhgröße wechseln musste.“

„Verarschen kann ich mich selbst“, gab ich unwirsch zurück. „Dann lass du dir was anderes einfallen.“ Ich ließ mich rücklings auf eine Bank fallen, die wir im Hafen von Brønnøysund gesehen hatten und die uns als der richtige Ort für ein kleines Päuschen erschien. Wir hatten Hunger, waren müde, genervt und wussten das erste Mal seit Beginn unserer Reise wirklich nicht mehr, wie es weitergehen sollten.

„Lass uns aufgeben", sagte ich niedergeschlagen zu Paul. „Soll dieser blöde Gizmo doch die Wette gewinnen. Mit vollkommen wurscht!"

„Mensch, Zaubermaus, so kenne ich dich ja gar nicht. Uns wird schon was einf..." Weiter kam Paul nicht, denn er hatte, unruhig wie er war, mit seinen Händen unter der Bank herumgefuchtelt und zog nun einen großen Jutesack hervor. Nachdem er ihn zu sich auf die Bank hochgezogen und geöffnet hatte, stieß er einen kurzen Pfiff aus und sagte: „Du wirst nie glauben, was ich hier gerade gefunden habe."

„Ja, was wird das wohl sein", gab ich genervt zurück. „Ein Butterbrot mit Schinken!"

„Ach, Zaubermaus, du bist so doof. Nein, jetzt im Ernst, guck doch mal." Paul hatte das, was sich in dem Sack verborgen hatte, neben mich auf die Bank gelegt. Es waren Inliner, zwei Paar.

„Ja und, was sollen wir damit anfangen?", fragte ich.

„Die ziehen wir uns gleich an. Und dann gehts los", machte mir Paul Mut. „Ich habe vorhin mit einer Frau im Dorf gesprochen. An der Küste entlang geht ein gut ausgebauter Radweg. Ich hatte nämlich gedacht, dass wir, wenn wir nichts anders finden würden, wieder auf Räder steigen könnten. Aber das hier ist viel besser. Und ganz bestimmt lagen die nicht rein zufällig unter der Bank, auf die wir beide uns gesetzt haben, Zaubermaus."

Auch wenn ich es nicht gerne tat, ich musste Paul tatsächlich dieses Mal recht geben. Zufälle gab es in unserem Leben nicht. Diese Inliner mussten einfach ein Zeichen sein. So schnallten wir uns diese Dinger an die Füße und los ging es, der Zukunft entgegen. Wir hatten jetzt noch rund zweieinhalb Tage, um nach London zu kommen.

Die ersten Meter auf den Inliner waren ziemlich wackelig. Schon seit Jugendtagen hatte ich nicht mehr auf solchen Rolldingern gestanden und war ziemlich aus der Übung. Erstaunt war ich jedoch, wie behände sich Paul auf ihnen fortbewegte. Es sah so aus, als würde er täglich Inliner fahren.

Meine Gedanken wieder einmal erratend, rief er fröhlich: „War mal himmlischer Staatsmeister im Inlineskaten über 43 Kilometer."

Es gab doch noch immer das ein oder andere, was ich von Paul nicht wusste.

27

Da sich Brønnøysund auf einer Halbinsel befand, mussten wir zunächst einen kleinen Umweg machen, um das richtige Festland Norwegens zu erreichen. Das war aber kein Problem, denn mit unseren Inlinern kamen wir wirklich gut voran. Wir fanden schließlich auch den besagten Radweg, von dem die Frau gesprochen hatte und der schnurstracks Richtung Süden verlief. Irgendwann bog er von der Küste ins Landesinnere ab und als wir am Horizont große Häuser auf uns zukommen sahen, wussten wir, dass wir nicht mehr allzu weit von Oslo, Norwegens Hauptstadt, entfernt waren.

„Ob wir das wohl Harald treffen", fragte Paul.

„Wer ist Harald?", wollte ich wissen. „Ich kenne keinen Harald."

„Na, das ist doch der König von Norwegen", sagte er.

Ich konnte nur mit dem Kopf schütteln. „Was interessiert mich der König. Ich will nach London. Also rede nicht so einen Dünnschiss."

Insgeheim hoffte ich, dass, wenn wir in Oslo ankommen würden, der Gewerkschaftsstreik zu Ende wäre. Doch wir hatten Pech. Noch immer war das Verkehrswesen lahmgelegt. Dennoch hatten wir ein wenig Glück, als wir im Hafen von Oslo einen Segler trafen, der versprach, uns mitzunehmen. Sein Ziel wäre der Hafen von Esberg in Dänemark.

Ich freute mich, denn von Dänemark nach England rüber war es wirklich nur noch ein Katzensprung. Wir hatten zwar nur noch weniger als 48 Stunden Zeit, um die Wette einzulösen, aber ich war zuversichtlich, dass wir es schaffen würden.

Der Segeltörn mit Björn, unserem Skipper, machte Spaß. Wir fuhren unter Segeln und lernten viel von ihm. Als ich einmal für kleine Zaubermäuse musste, traf mich jedoch fast der Schlag.

In einer der Kajüten, an denen ich auf dem Weg zum Klo vorbeikam und in die ich, neugierig wie ich nun mal war, meine Rübe steckte, sah ich in einem goldenen Rahmen ein Bild von Gizmo.

„Das gibt es doch nicht! So ein Betrüger", murmelte ich.

Doch es war zu spät für jedweden Fluchtgedanken. Björn war mir nämlich ins Innere des Schiffsbauchs gefolgt und hatte natürlich mitbekommen, was ich entdeckt hatte.

„Das kommt davon, wenn man zu neugierig ist", lachte er hämisch, als er mich in Fesseln legte und zurück an Bord schliff.

Paul guckte ziemlich komisch aus der Wäsche, als er mich sah. „Wolltest du was klauen oder warum ..."

„Halt das Maul, du dumme ... Ratte ... Maus, was immer du auch bist mit deinem dämlichen Heiligenschein. Ihr habt doch wohl nicht wirklich angenommen, dass euch mein Bruder Gizmo die Wette gewinnen lasst."

Na klar, deswegen war mir dieser Björn so bekannt vorgekommen, als ich mit ihm im Osloer Hafen zusammengestoßen war. Hatte mir aber weiter nichts dabei gedacht. Mir wäre auch nie in den Sinn gekommen, dass uns Gizmo ein zweites Mal auflauern würde. Hatte ihm das in Alaska nicht gereicht? Gab es überhaupt keine ehrlichen Typen mehr, mit denen man eine richtig gute Wette abschließen konnte? So eine Scheiße aber auch!

„Ich bringe euch jetzt nach Helgoland. Um diese Jahreszeit gibt es dort kaum Touristen und Einheimische wohnen sowieso nur ganz wenige auf der Insel. Auf der Langen Anna gibt es eine alte Piratenhöhle, in der lasse ich euch versauern, bis die Wette verstrichen ist. Ihr Dumpfdeppen, ihr."

Björn schien sich in der Rolle des Schmierlapps gut zu gefallen. Immer wieder beschimpfte er uns grundlos, denn Paul, der inzwischen auch in Fesseln lag, und ich hatten längst allen Mut verloren. Sollte diese blöde Wette doch dieser blöde Gizmo gewinnen. Uns war das vollkommen egal.

Schon bald darauf steuerte Björns Boot tatsächlich die Lange Anna an. So nennt man den 47 Meter hohen Brandungspfeiler im äußersten Nordwesten der deutschen Nordseeinsel Helgoland. Die hatte einst sogar einmal den Engländern gehört, ging aber Ende des 19. Jahrhunderts an die Deutschen, denen die Insel noch heute gehört.

Diese ganzen historischen Fakten, die Lehrmeister Paul abspulte, aber interessierten mich im Moment nicht im Geringsten. Ich hatte keinen Bock auf ein Piratenverlies, hatte keinen Bock auf Gefangenschaft und erst recht keinen Bock auf diesen Björn. Was also tun?

Noch bevor wir im Hafen von Helgoland anlegten, kam mir eine Idee. Pauls scharfe Zähne könnten unsere Rettung sein, denn wenn er die Fesseln durchnagen könnte, also zuerst meine, damit ich dann seine Knoten lösen konnte, dann wäre das unsere Rettung.

Ich versuchte also, Paul mit den Augen zu sagen, was er tun solle, doch der Dussel verstand mich natürlich nicht. War ja auch nicht anders zu erwarten gewesen. Als dann aber Björn für einen Augenblick Kontakt zu einem der Helgoländer Hafenmeister aufnahm, um mit ihm über den Ankerplatz zu verhandeln, da war meine Stunde gekommen. Ich erläuterte Paul meinen Plan, der sofort anfing, die Fesseln an meinen Händen zu durchnagen. Klappte prima. Danach löste ich seine, auch kein Problem.

„Und was jetzt?“, fragte Paul und rieb sich seine schmerzenden Handgelenke.

„Keine Ahnung, nur bloß runter von Bord“, raunte ich ihm zu.

Das war leichter gesagt als getan. Doch dann hatte ich eine Idee. Björn war noch immer in das Gespräch mit dem Hafenmeister über den Liegeplatz vertieft – offensichtlich gab es Schwierigkeiten. Das kam mir gelegen und so forderte ich Paul mit einem kurzen Kopfnicken auf, mir zu folgen. Unsere einzige Möglichkeit, das Segelboot zu verlassen, war ein kühner Sprung in Wasser. Ich war zwar wasserscheu, aber was sein musste, musste eben sein. Paul gefiel meine Idee ebenfalls nicht, doch wenn er nicht in Björns Gefangenschaft bleiben wollte, hatte er keine andere Möglichkeit, als es mir gleichzutun.

Wir sprangen also ins Wasser. Es gab ein leises Planschten, doch Björn hatte wohl nichts mitbekommen, denn als Paul und ich an einer weiter entfernten Uferleiter wieder an Land kletterten, sah ich, dass er immer noch mit dem Mann von der Hafenverwaltung sprach.

Paul und ich waren gerettet ... und liefen ins Dorf, um uns erst einmal in einem Versteck trocken zu lassen.

28

Tag 99 war angebrochen, als wir wieder aus unserem Versteck krabbelten. Wir waren eingeschlafen und hatten vollkommen die Zeit verpennt. Tag 99 hieß, wir hatten nur noch knapp 24 Stunden Zeit, um nach London zu kommen. Wie sollte das bewältigt werden? Wir kannten hier doch niemanden ... und mussten zudem aufpassen, ob Björn vielleicht noch auf der Insel war. Er hatte bestimmt längst bemerkt, dass wir ihm entkommen waren. Aber ob er gewillt war, sein Versagen seinem Bruder mitzuteilen, das bezweifelte ich doch sehr. Sicherlich stiefelte der Typ noch hier auf der Insel rum – auf der Suche nach uns.

Paul und ich mussten also möglichst umsichtig unsere nächsten Schritte planen. So vereinbarten wir, von Versteck zu Versteck zu huschen, uns dabei aber trotzdem umzusehen, wie wir dieser Insel entfliehen konnten.

Lange Zeit entdeckten wir nichts, was uns helfen konnte, bis sich plötzlich eine große Hand auf meine Schulter legte. Mir rutschte das Herz in die Hose. Nun hatte uns Björn doch erwischt ...

„Was für eine Scheiße“, fluchte ich laut.

„Warum fluchst du?“, kam es zurück. Doch es war nichts Björns Stimme, die da an mein Ohr drang.

Paul hatte sie sogar noch vor mir zuordnen können und dreht sich mit den Worten: „Pierre, ich war noch nie so froh, dich zu sehen“, zu dem Mann um, der noch immer seine Hand auf meiner Schulter hatte.

Pierre! Ich war selten so froh, ein mir bekanntes Gesicht zu sehen wie in diesem Moment. So fragte auch ich sogleich: „Woher kommst du denn jetzt? Und woher weißt du, wo wir sind?!“

„Das erzähle ich euch alles später“, antwortete er. „Jetzt müssen wir erst einmal schleunigst weg von hier.“

In diesem Augenblick fiel mir auf, dass Pierre gar nicht mehr Französisch mit mir sprach.

„Jeder sollte eben so seine kleinen Geheimnisse haben", zwinkerte er mir zu, fast so, als hätte er meine Gedanken erraten. „Jetzt los, wir haben keine Zeit zu verlieren.

Pierre lief vor, er hatte offensichtlich ein festes Ziel vor Augen, Paul und ich folgten ihm auf den Fuß. Wir mussten gar nicht lange gehen – auf einem freien Feld unweit des Dorfzentrums stand ein ... na, wer kann es sich denken? ... Natürlich ein Heißluftballon. Fertig für die Abfahrt. Oder sagte man Abflug? Egal, Hauptsache, wir kamen von hier weg.

Und dann wurde es gleich noch mal spannend, denn gerade als wie uns in die Lüfte erheben wollten, kam Björn um die Ecke gesprintet. Im allerletzten Moment bekam er den Korb unseres Heißluftballons zu fassen und klammerte sich daran fest.

Paul und ich versuchte vergebens, ihm auf die Finger zu hauen, der Kerl ließ einfach nicht los. Wir konnten mit unseren Schlägen aber zumindest verhindern, dass unser Entführer in den Korb klettern konnte. Der Ballon stieg unterdessen höher und höher.

„Keine Sorge, meine Freunde", sagte Pierre, der uns nicht geholfen, sondern uns nur beobachtet hatte. „Den sind wir gleich los." Wir fuhren noch eine Weile mit dem Ballon, bis wir unter uns das offene Meer sahen.

„Good bye, au revoir, ci rivediamo, hasta la vista, mein Freund", rief Pierre plötzlich und schlug Björn mit einer Eisenstange auf die Finger beider Hände.

Der ließ los ... und stürzte ins Meer. Weg war er.

29

„Jetzt müssen wir uns aber sputen“, sagte Pierre, den das, was geschehen war, gar nicht belastete. Mir tat Björn schon leid. Was, wenn er jetzt ertrank, weil er nicht schwimmen konnte?

Unser Ballon nahm unterdessen an Fahrt auf und wir entfernten uns immer weiter von der Nordseeinsel. Von England war jedoch weit und breit noch nichts gesehen. Ich hatte vermutet, dass Helgoland näher an der britschen Insel läge. Aber weit gefehlt. Es dauerte noch ewig, bis wir wieder Land sahen.

„Das da vor uns müsste, wenn ich das richtige erkenne, Scarborough sein“, sagte Pierre und nahm ein Fernglas zur Hand. „Ja, ja, das ist Scarborough, ich habe mich nicht getäuschte“, fügte er hinzu, nachdem er sich noch einmal alles da unten in Ruhe betrachtet hatte. „Von da aus fahren wir Richtung York, dann nach Nottingham ...“

„Zum Sheriff?“, unterbrach Paul lächelnd.

„Sheriff?“ Pierre hatte nicht die leiseste Ahnung, wovon Paul sprach.

Ich schon. „Paul, wir werden jetzt weder Robin Hood und seine Mannen noch den Sheriff von Nottingham treffen. Die gab es nie. Nur fiktive Gestalten. Und hör jetzt endlich mal auf, solch einen Unsinn von dir zu geben. Schau lieber mal auf die Uhr. Wir haben nur noch knapp sechs Stunden, dann müssen wir in London sein. Sonst war alles umsonst“, stauchte ich meinen Freund zusammen.

Paul streckte mir die Zunge raus, antwortete aber nicht.

Stattdessen fuhr Pierre fort: „Von Nottingham geht es weiter nach Northampton. Und von da aus nach London. Wenn alles gut geht, müssten wir gegen halb 12 in der Hauptstadt ankommen.“

„Wenn alles gut geht. Wenn alles gut geht“, murmelte ich die ganze nächste Stunde vor mich hin. Dabei war es mit vollkommen gleich, ob ich meinen Mitreisenden damit auf die Nerven ging oder nicht. Ich war so nervös wie noch nie zuvor in meinem Leben.

Und, was soll ich sagen, es ging natürlich nicht alles gut. Denn über Nottingham begann es, wie aus Kübeln zu schütten. Britsches Wetter eben, damit musste man in diesem Land immer rechnen. Der Korb lief voller Wasser und wir schafften es kaum, alles wieder rauszuschöpfen. So blieb uns nichts anderes übrig, als in Northampton eine kurze Zwischenlandung zu machen, den Korb einmal umzudrehen und dann wieder in die Luft zu steigen.

Es hatte inzwischen zwar zu regnen aufgehört, aber dafür hatten wir wertvolle Zeit verloren. Als Pierre dann auch noch meinte, nicht direkt in London landen zu können, weil das im Berufsverkehr viel zu gefährlich sein, brach für mich eine Welt zusammen. Sollten wir wirklich unsere Wette wegen ein paar Minuten verlieren?

30

Als wir schließlich zur Landung auf dem Parkplatz eines wenig besuchten Einkaufszentrums in London landeten, war es kurz nach halb zwölf. Wir hatten also noch ungefähr 25 Minuten Zeit, um in den Pub zu kommen.

Dem Himmel sei Dank hatte Pierre auf der Ballonfahrt ein Funkgerät dabei gehabt. Als er sah, dass alles für uns sehr knapp ausgehen könnte, begann er wie wild, seine Freunde in nah und fern anzufunken. Und er hatte tatsächlich Glück. Nicht weit von diesem Einkaufszentrum entfernt hatte ein Freund von ihm eine Großbaustelle. Der versprach, uns jemanden zu Hilfe zu schicken. Als wir jedoch den Ballon verließen und uns umsahen, war niemand weit und breit zu sehen. Und die Zeit rannte. Um 15 Minuten vor 12 Uhr hörten wir plötzlich ein lautes Geräusch. Als wir uns umdrehten, sahen wir, dass ein riesiger Bulldozer mit einer Affengeschwindigkeit auf uns zurollte.

„Seid ihr Zaubermaus und Paul?“, fragte der Fahrer. Als wir bejahten, schrie er: „Dann rauf hier. Es geht los.“

Pierre half uns, das mächtige Ungetüm zu besteigen, dann verabschiedete es sich von uns. Als der Bulldozer sich in Bewegung setzte, riefen Paul und ich gleichzeitig: „Danke, Pierre. Danke für alles!“ Er winkte uns zum Abschied zu.

11.52 Uhr erreichten wir den Innenstadtbereich Londons. Nie und nimmer würden wir es schaffen, bis Punkt 12 Uhr in der Tufton Street unweit von Westminster Abbey zu sein. In dieser Straße lag der Pub, in dem wir mit Gizmo verabredet waren.

11.54 Uhr. „Was für eine Schnapsidee, sich auf solche eine Wette einzulassen“, brüllte ich gegen den Lärm des Bulldozers an.

Bulli, so hieß der Fahrer, griente mich an. „Wird schon klappen. Sei kein Pessimist.“

Der Mann hatte gut reden.

11.56 Uhr – noch vier Minuten, dann lief unsere Frist aus. In Gedanken ging ich schon mal alle möglichen Ausreden durch, die ich Gizmo bei einer verlorenen Wette unterbreiten wollte. Nicht zuletzt konnte ich mich ja immer noch darauf berufen, dass seine Uhr vielleicht falsch ginge.

11.57 Uhr. Noch drei Kilometer. Das würden wir nie schaffen. Doch in dem Moment, in dem mich alle Hoffnung verließ, Paul hatte schon lange aufgegeben, da schaltete Bulli den Turbo seiner Maschine ein und raste wie ein Berserker durch die Straßen Londons.

11.59 Uhr – jetzt war es wirklich nur noch ein Katzensprung. Bulli setzte zum Bremsen an, rammte einen Polizeiwagen. Oh, das würde Ärger geben. Aber egal ... wir würden es schaffen.

Mit dem ersten Schlag von Big Ben zur 12. Mittagsstunde rannten Paul und ich in den schottischen Pub. Und plötzlich kam mir alles wie ein Déjà-vu vor ...

„Oh Mann, ist das laut hier", rief ich schon beim Betreten aus. Eine Band spielte schottische Musik, einige Gäste tanzten dazu. Paul bestellte zwei Bierchen, doch ich wollte nur ein Glas Milch haben, die ich mit Genuss trank.

„Kannst du dich daran erinnern, was du mir vor einiger Zeit im Krankenhaus versprochen hast?", fragte Paul.

„Was meinst du?", fragte ich zurück. Und dann fiel es mir wie Schuppen von den Augen. „Oh, ich weiß, was du meinst. Und? Wie wäre es mit einer Reise um die Welt in 100 Tagen?"

Paul lachte auf. „Das wäre genau das, wonach mir gerade der Sinn steht.

Plötzlich raunzte uns jemand von der Seite an. „He, was wollt ihr schaffen? In 100 Tagen um die Welt? Nie! Das ist unmöglich zu schaffen, das wird nie klappen!"

„Doch, das ist zu schaffen." Paul schaute mich an und rief noch einmal bekräftigend: „Das ist zu schaffen."

Auch ich nickte dem Fremden zu. „Wir zwei schaffen es, in 100 Tagen um die Welt zu reisen, und sind heute in 100 Tagen um 12 Uhr wieder hier!" Ich machte eine kurze Pause. Und mit dem zwölften Schlag von Big Ben sagte ich: „Gizmo, wir haben es geschafft! In 100 Tagen um die Welt. Her mit der Kohle ..."

Natürlich spendeten Paul und ich das gewonnene Geld der Kirche. Das war Ehrensache für uns ... uns reichte die Ehre und die Gewissheit, Gizmo besiegt zu haben. Wir wussten natürlich, dass wieder einmal der Höllenfürst, Pauls Vater, hinter all dem gesteckt hatte. Das Ganze war dieses Mal aber eine sehr gute Idee von ihm gewesen, das musste ich unumwunden zugeben.

Paul und ich tranken unser Bier beziehungsweise die Milch aus und verließen dann London. Noch am selben Tag beschlossen wir, uns zur Ruhe zu setzen. Wir hatten genug von diesen ganzen Abenteuern!

Doch als ich zu Hause meine Sachen ordnete, fiel mir der vergilbte Brief in die Hand, den mir der Alte mit dem Krückstock in der beleuchteten Villa übergeben hatte. Da sich bislang noch niemand bei uns wegen des Briefes gemeldet hatte, so wie der Kerl es uns gesagt hatte, wusste ich ... es war noch nicht vorbei.

Der Autor

Ingo Schorler: Jahrgang 1967, schreibt seit einigen Jahren Geschichten über Zaubermaus. Er ist Schulhausmeister und arbeitet seit 1990 im öffentlichen Dienst.

Unser Buchtipp

Ingo Schorler
Zaubermaus im Katzenhimmel
ISBN: 978-3-86196-755-2 - Band 1
Taschenbuch, 120 Seiten

Als Zaubermaus stirbt und in den Katzenhimmel kommt, ahnt sie noch nicht, dass hier alles andere als Harmonie und Freude herrscht. Denn der Katzenhimmel ist in Gefahr: Eine unbekannt, grauenvoll böse Macht versucht, das Reich des Katzengottes zu unterwerfen.

Zaubermaus und ihre neuen Freunde haben alle Hände voll zu tun, um sechs goldene Schlüssel zu finden. Eine magische Reise durch den Katzenhimmel beginnt und bringt so manches gefährliche Abenteuer mit sich.

Werden es die Freunde schaffen, das Schicksal zu wenden?

Unser Buchtipp

Ingo Schorler
Zaubermaus
Ein Katzenengel auf Erden
978-3-86196-840-5 - Band 2
Taschenbuch, 120 Seiten

Endlich ist es so weit! Das Abenteuer im Katzenhimmel ist glücklich zu Ende gegangen. Nun macht sich Zaubermaus auf dem Weg zur Erde, um hier vielen Menschen zu helfen, die in Not geraten sind. Diesen Auftrag hatte ihr der Katzengott höchstpersönlich gegeben.

Leider hatte er vergessen, ihr mitzuteilen, dass sie nicht nur als Katze, sondern auch in anderer Gestalt auftreten wird. Und das sorgt auf der Erde für mächtig viel Verwirrung ...

Unser Buchtipp

Ingo Schorler
Zaubermaus
Ein Katzenengel zurück auf Erden
ISBN: 978-3-86196-983-9 - Band 3
Taschenbuch, 120 Seiten

Im gleißenden Lichtstrahl des Katzengottes hatte Zaubermaus die Erde verlassen müssen, nachdem ihr Freund Paul Drago getötet hatte. Nun war Paul ganz alleine auf der Erde, um ihre gemeinsame Mission zu erfüllen.

Doch Paul scheitert kläglich und ist bald ganz unten, dabei gibt es auf der Erde noch jede Menge zu tun für den Katzenengel Zaubermaus und ihren Freund Paul. Ob der Katzengott ein Einsehen haben wird? Gibt er Zaubermaus eine zweite Chance? Und welche neuen Aufgaben werden die beiden Freunde wohl dann auf Erden erfüllen müssen?

Vorschau

Ingo Schorler
Zaubermaus sucht neue Abenteuer auf Erden
ISBN: 978-3-96074-699-7
Taschenbuch, 120 Seiten
Erscheint Sommer 2024

Nun war es so weit: Zaubermaus und Paul hatten bereits so viel erlebt, dass sie beschlossen, in den Ruhestand zu gegen. Sie wollten die Seele baumeln lassen und sich ausruhen. Und wo konnten sie das am besten machen? Natürlich weit ab von allen Menschen auf einer kleinen Insel. Sommer, Sonne und Strand genießen.

Doch wer die beiden kennt, weiß inzwischen nur zu gut, dass allzu viel Ruhe ihnen nicht wirklich gefällt. Und so waren Zaubermaus und Paul froh, als an einem sonnigen Strandtag am Himmel ein ihnen bekannter Schein auftauchte ... Ein neuer Auftrag vom Katzengott wartete auf sie.

Jetzt vorbestellen!

Ferienwohnung Drachennest

Feldkirch / Österreich

Ländlich idyllisch und dennoch stadtnah zentral in Feldkirch-Tosters gelegen, nur einen Steinwurf entfernt von der Schweizer und Liechtensteiner Grenze, finden Sie unsere Ferienwohnung Drachennest, den idealen Rückzugsort vom Alltag. Genießen Sie unsere wunderschöne Ferienregion Vorarlberg in Österreich abseits der Hektik der großen Touristikgebiete.

Brechen Sie zu einmaligen Wanderungen und Radtouren auf – entlang des Rheins zum Bodensee oder entlang der Ill mitten hinein in die Berglandschaft des Ländles. Gut ausgebaute Radwege ermöglichen ein stressfreies Radeln, auch für wenig trainierte Radfahrer, da es auf diesen Wegen nur sehr leichte Steigungen gibt.

Starten Sie die schönsten Motorradtouren in die Alpen direkt vor unserer Haustür. Gerne geben wir Ihnen Tipps für tolle Tagestouren, da wir selbst begeisterte Motorradfahrer sind.

Skifahren? Kein Problem? Erreichen Sie die schönsten Skigebiete Vorarlbergs bequem mit öffentlichen Verkehrsmitteln oder mit Ihrem eigenen Fahrzeug.

Gerne begrüßen wir Sie gemeinsam mit Ihrem Haustier in unserer schönen Ferienwohnung in Feldkirch-Tosters. Und sollten Sie an einem Buch schreiben, so stehen wir Ihnen auf Anfrage gerne hilfreich zur Seite.

Information und Buchung:

www.drachennest.at

www.ingramcontent.com/pod-product-compliance
Lightning Source LLC
LaVergne TN
LVHW091326190726
843491LV00002B/584

* 9 7 8 3 9 6 0 7 4 4 8 1 8 *